JUMP COMICS

NARUTO
-ナルト-

巻ノ十六 木《こ》ノ葉《は》崩《くず》し、終結《しゅうけつ》!!

岸本斉史

主《おも》な登《とう》場《じょう》人《じん》物《ぶつ》
うずまきナルト
うちはサスケ
春野《はるの》サクラ
ガイ
日向《ひゅうが》ネジ
ロック・リー
テンテン
うちはイタチ
犬塚《いぬづか》キバ&赤丸《あかまる》
日向《ひゅうが》ヒナタ
奈良《なら》シカマル
油女《あぶらめ》シノ
山中《やまなか》いの
秋道《あきみち》チョウジ

前巻《ぜんかん》までのあらすじ

木《こ》ノ葉《は》隠《がく》れの里《さと》、忍術学校《にんじゅつがっこう》の問題児《もんだいじ》だったナルトはサスケ、サクラとともに晴《は》れて忍《にん》者《じゃ》の仲間《なかま》入《い》りを果《は》たした。

中忍選抜試験《ちゅうにんせんばつしけん》に臨《のぞ》んだナルトたちは「死《し》の森《もり》」で大蛇丸《オロチまる》の急襲《きゅうしゅう》を受《う》ける。大蛇丸《オロチまる》はサスケの身体《からだ》に呪印《じゅいん》を残《のこ》して姿《すがた》を消《け》した…。

ナルトとサスケは〝第《だい》三の試験《しけん》〟の予選《よせん》を勝《か》ち抜《ぬ》き、本選《ほんせん》に進《すす》む。サスケ・我愛羅《ガアラ》戦《せん》の最中《さなか》、風影《かぜかげ》に化けた大蛇丸《オロチまる》は火影《ほかげ》を捕《とら》え、結《けっ》界《かい》を張《は》る。遂《つい》に大蛇丸《オロチまる》たちの〝木《こ》ノ葉崩《はくず》し〟が始《はじ》まった!! 一方《いっぽう》、ナルトたちはサスケと我愛羅《ガアラ》を追《お》う。だが一足遅《ひとあしおそ》く、我愛羅《ガアラ》は恐《おそ》ろしい姿《すがた》に変貌《へんぼう》! 力《ちから》つきたサスケとサクラを救《すく》うため、ナルトは果敢《かかん》に立《た》ち向《む》かう!!

NARUTO

－ナルト－

巻ノ十六

木《こ》ノ葉《は》崩《くず》し、終結《しゅうけつ》!!

もくじ

№《ナンバー》136：
最後《さいご》の一撃《いちげき》…!!

よっしゃ! 霊媒《れいばい》が寝入《ねい》ってからそう時間《じかん》もたっとらん 今《いま》の状態《じょうたい》ならこの一撃《いちげき》で十分《じゅうぶん》じゃ…
!
!!
術《じゅつ》が…破《やぶ》れるっ!!?
くっ!
ビクン
チクショウが! やっと出《で》てきたばっかりなのによォ!!
クソがァア!!
グググッ
くッ… "狸寝入《たぬきねい》り"を解《と》いてもまだ圧《お》されるんか…!?
ズズン
フッ

ムムムムーオ!!
!
チッ…

!
!!
オヤジ!!

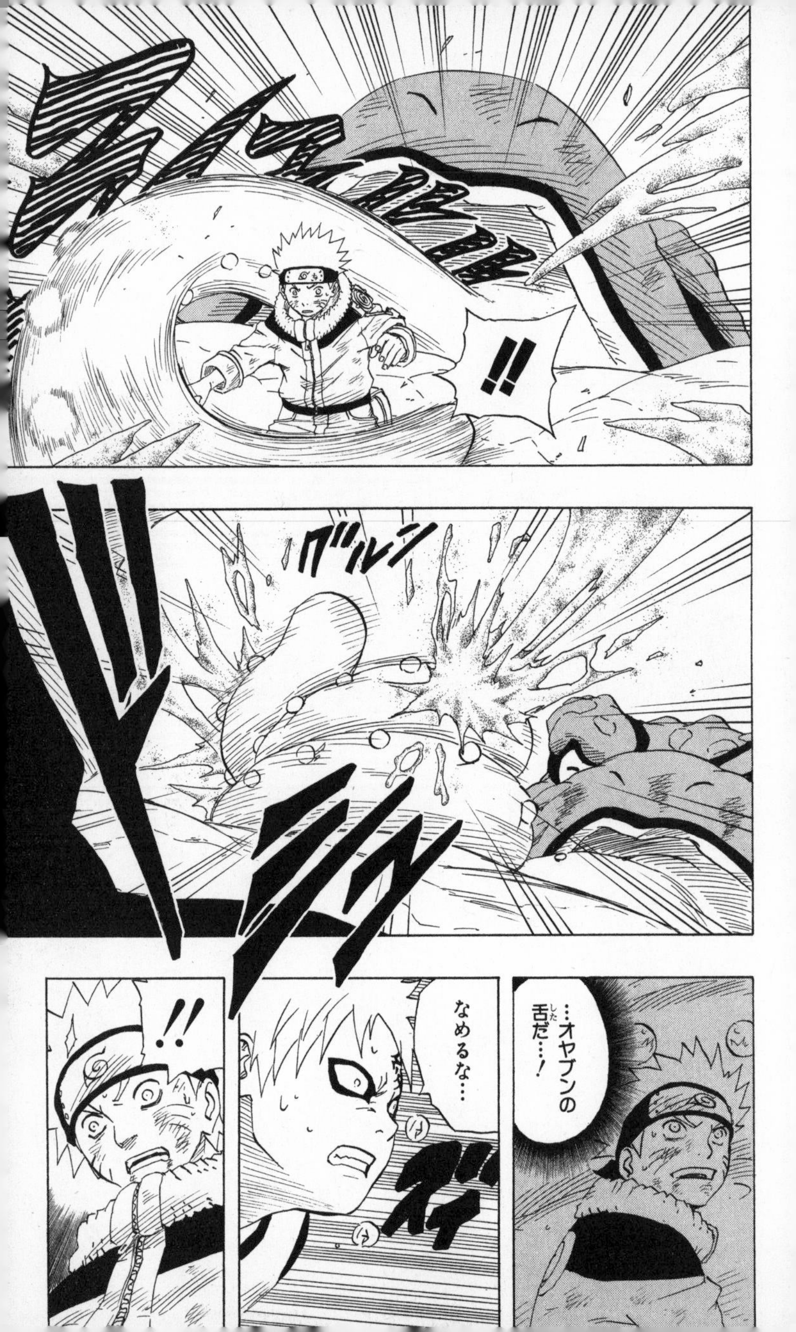
!!
グルン
…オヤブンの舌《した》だ…!
なめるな…
ズイ
!!

ズズズッ
くっ!
うぐううう…
ズズズ!
くっ!
シュルル
どがいな力持《ちから も》っとんじゃこいつは…!

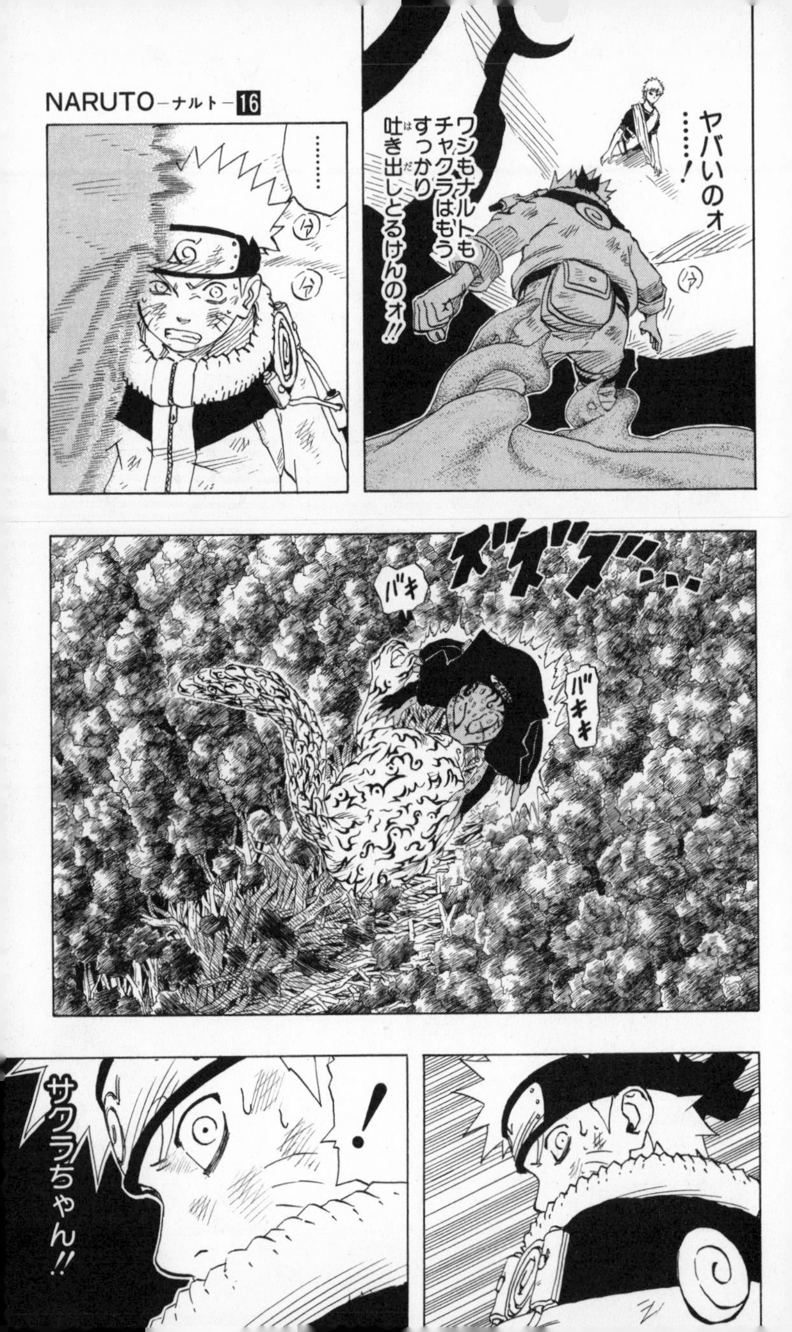
ヤバいのォ……！
ワシもナルトもチャクラはもうすっかり吐《は》き出《だ》しとるけんのォ!!
ハァ
ハァ
ハァ
……
ズズズ…
バキ
バキキ
!
サクラちゃん!!

ズズゥゥン
バキキ
お前《まえ》は オレに 殺《ころ》される
オレの存在《そんざい》は 消《き》えない
この化《ば》け狸《ダヌキ》を 止《と》めなきゃ駄目《ダメ》だ

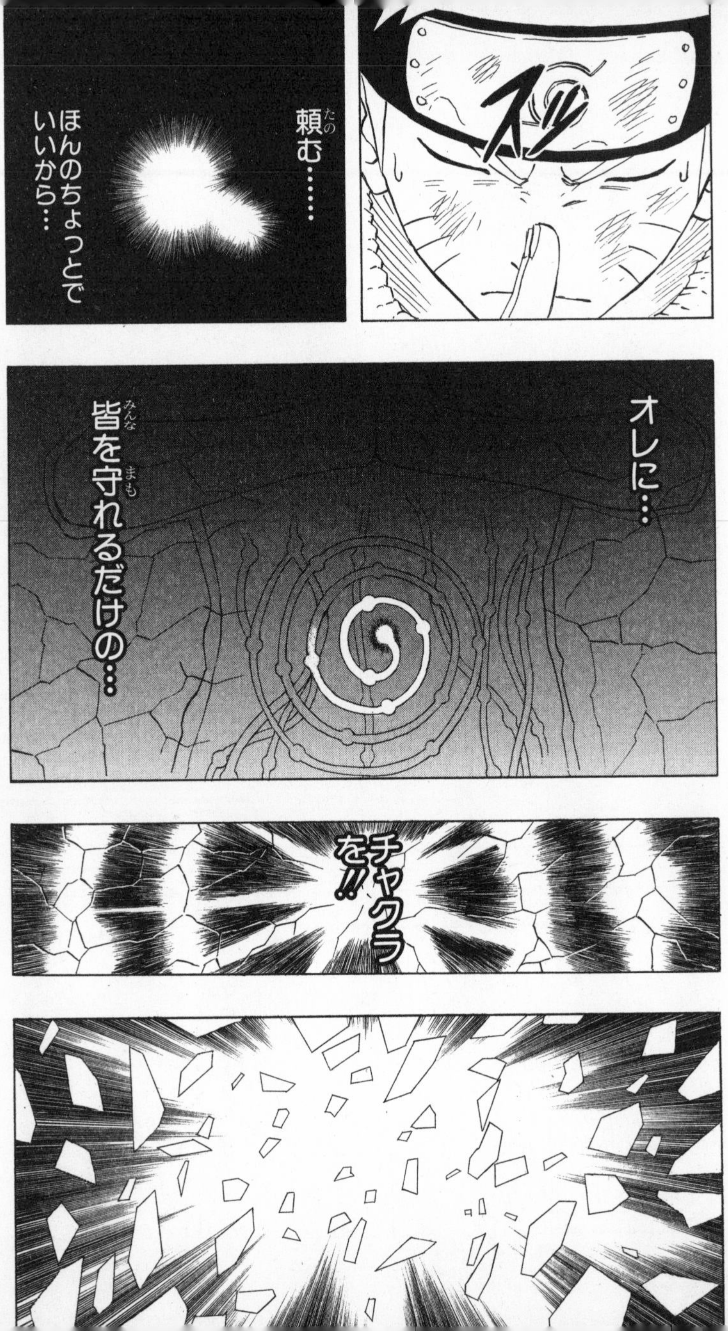
スッ
頼《たの》む……
ほんのちょっとで
いいから…
オレに…
皆《みんな》を守《まも》れるだけの…
チャクラを!!

ウオオオオ!!
ジュウウ
バチィ
バシィ

ズッ
死《し》ねエー!
いくぞォォオ!! バカダヌキィ!!
ダッ
タン
ガッ
!
こん……

ちくしょう
があぁ!!!
ゴッ
ツ…

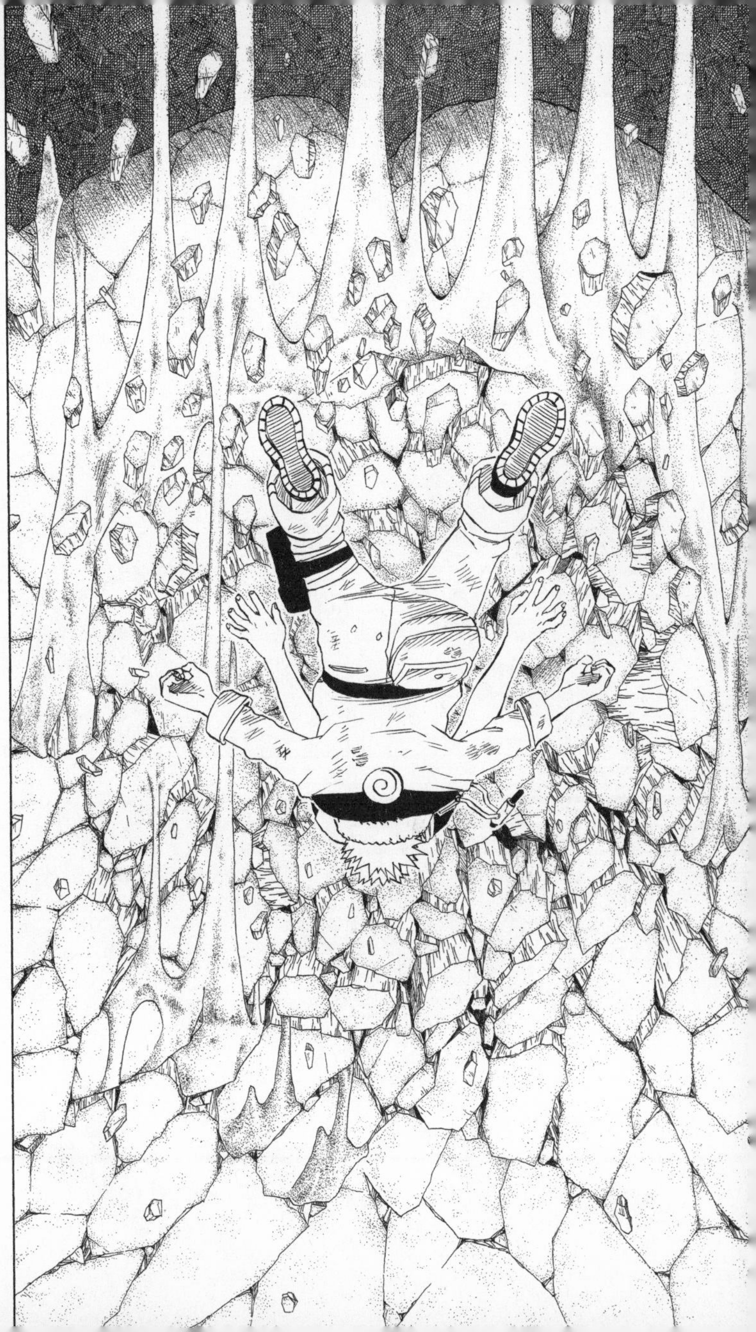

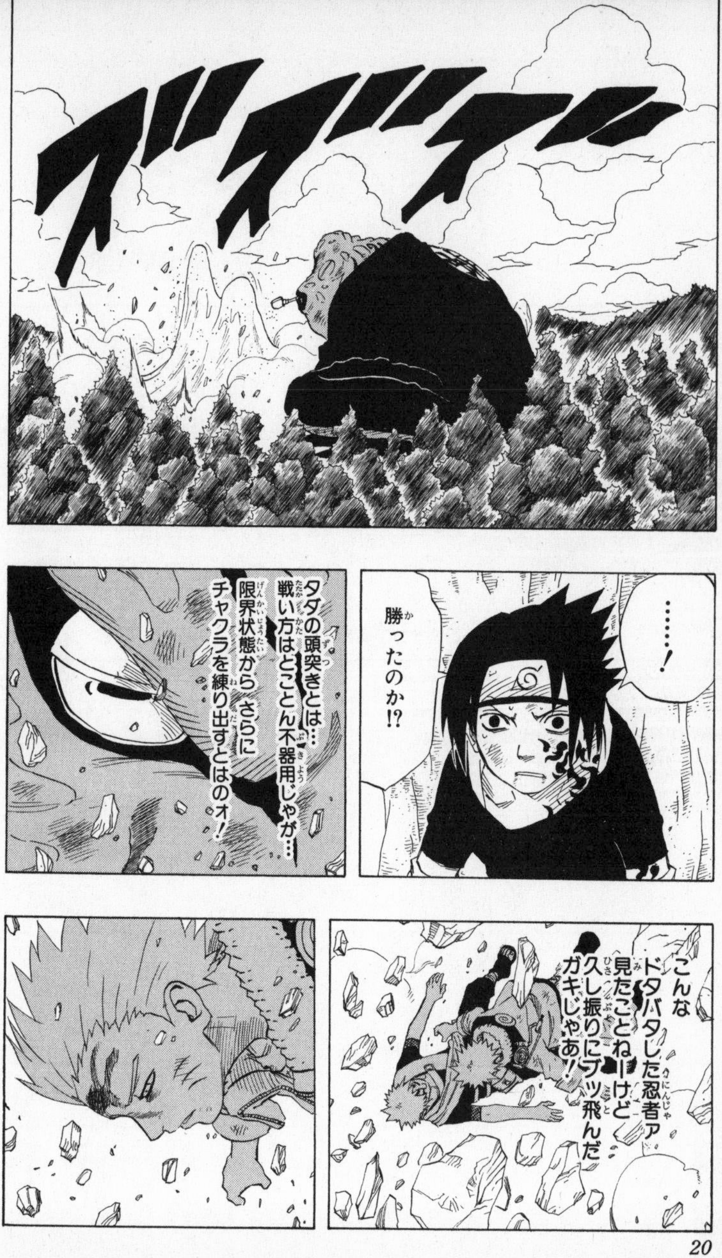
ズズーン
……！
勝《か》ったのか!?
タダの頭突《ずつ》きとは…
戦《たたか》い方《かた》はとことん不器用《ぶきよう》じゃが…
限界状態《げんかいじょうたい》から さらに
チャクラを練《ね》り出《だ》すとはのォ！
こんな
ドタバタした忍者《にんじゃ》ア
見《み》たことねーけど
久《ひさ》し振《ぶ》りにブッ飛《と》んだ
ガキじゃあ！

終《しま》いまで見届《みとど》けれんのは残念《ざんねん》じゃが…
ワシもそろそろ限界《げんかい》じゃのォ…
くらっ…
ザン
ガマ吉《きち》そろそろ帰《かえ》るで！
オウ！オヤジ！
くっ！
うわっ！
ザッ
ザッ

…さすがに
オレも もう…
カラッポ
だってばよ…
お前《まえ》もだろ…!
…あと一発《ぱつ》
殴《なぐ》るのが
限界《げんかい》だって
ばよ…
お互《たが》い
似《に》た者同士《もんどうし》…
これで最後《さいご》に
しようぜ!!
………

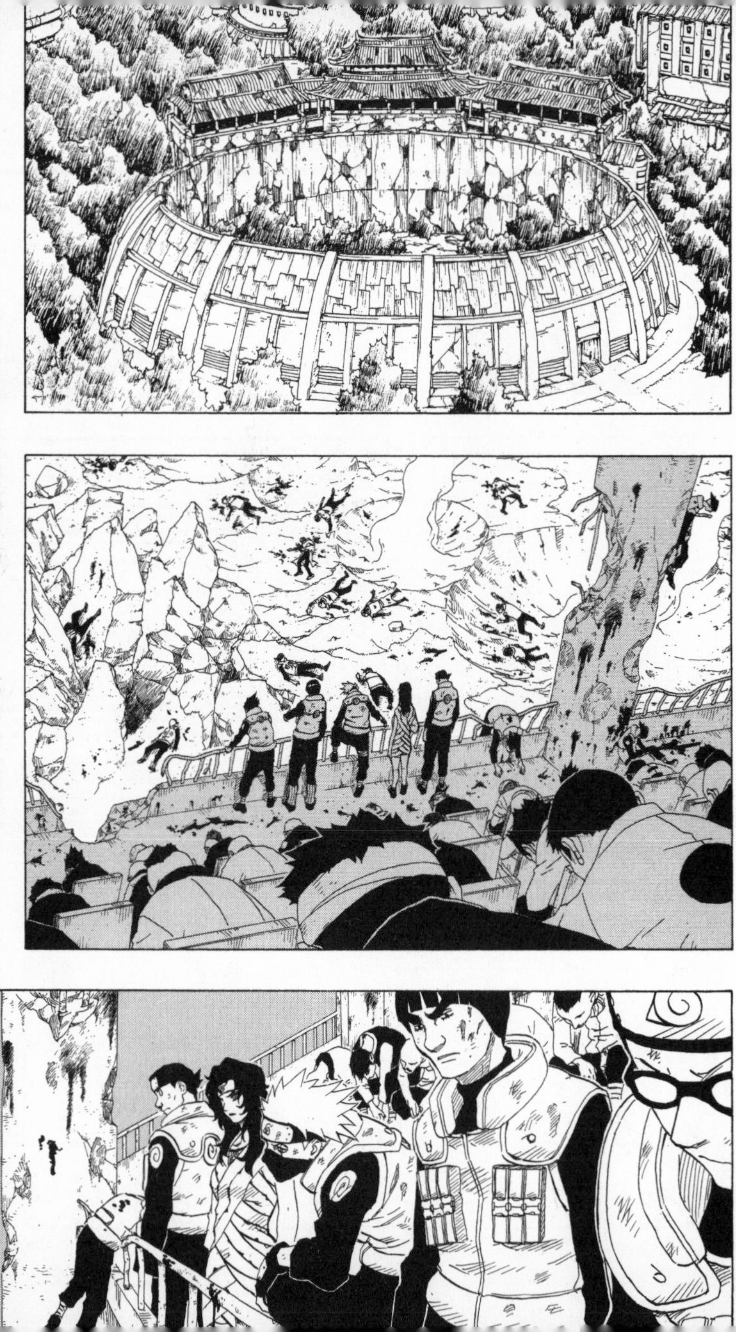

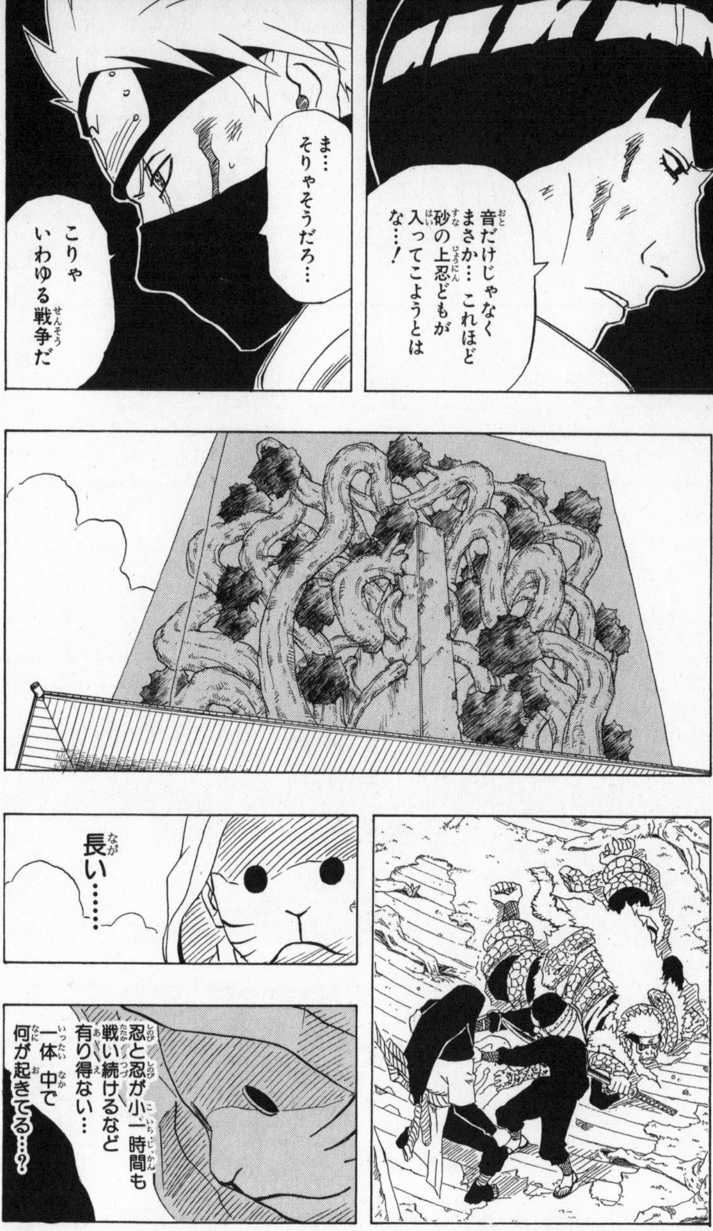
音《おと》だけじゃなく まさか… これほど 砂《すな》の上忍《じょうにん》どもが 入《はい》ってこようとは な…!
ま… そりゃそうだろ…
こりゃ いわゆる戦争《せんそう》だ
長《なが》い……
忍《しのび》と忍《しのび》が小一時間《こいちじかん》も 戦《たたか》い続《つづ》けるなど 有《あ》り得《え》ない… 一体《いったい》 中《なか》で 何《なに》が起《お》きてる…?

どうやら…
お前《まえ》の魂《たましい》を 全《すべ》て引《ひ》きずり出《だ》すだけの力《ちから》は残《のこ》っていないようじゃ
そろそろ死《し》んで下《くだ》さいよ…
猿飛先生《さるとびせんせい》ェ…
しかし…
グググ
……!
お前《まえ》の野望《やぼう》は…
ここまでじゃ!!

[岸本斉史《きしもとまさし》の世界《せかい》]

生《お》い立《た》ちヒストリー23

大学《だいがく》2年生《ねんせい》の時《とき》、本格的《ほんかくてき》に少年誌《しょうねんし》にターゲットを絞《しぼ》り、マンガを投稿《とうこう》することにした。「さて！　どんなやつを描《か》くかなぁ…」と意気《いき》揚々《ようよう》と始《はじ》めたはいいが、いきなり詰《つ》まってしまった。考《かんが》えていた物語《ものがたり》では設定《せってい》が多《おお》すぎて、読《よ》み切《き》り内《ない》のページ数《すう》に収《おさ》まりきらないのである。新人《しんじん》の頃《ころ》というのは、力《ちから》が入《はい》りすぎて、アイデアを全部無理《ぜんぶむり》に入《い》れようとする欲張《よくば》りな癖《くせ》が出《で》てしまうものだ。ボクもそれだった。話《はなし》はゴチャゴチャ、キャラクターは人数《にんずう》が多《おお》すぎて一人《ひとり》のキャラ（主人公《しゅじんこう》）が目立《めだ》たない。

そこで！　読《よ》み切《き》りだと割《わ》り切《き》ることにした。ムダだと思《おも》う設定《せってい》はなるべく削《けず》り、キャラを削《けず》って少人数《しょうにんずう》にしたのだ。そうするとストーリーをページ数内《すうない》で作《つく》れることが、ほぼ判明《はんめい》したため、さっそく描《か》き始《はじ》めた。…とは言《い》っても、さすがにストーリーをまるっきり変《か》えるわけではないので多少《たしょう》の無理《むり》は生《しょう》じてしまった。…が、…たいした無理《むり》ではない！　ただストーリー的《てき》に国家《こっか》レベルの問題《もんだい》を国家《こっか》レベルの力《ちから》を持《も》つ主人公《しゅじんこう》が活躍《かつやく》し、壮大《そうだい》なスペクタクルで展開《てんかい》されるようなフリをしつつ（！）実《じつ》は小市民《しょうしみん》のこじんまりとした話《はなし》で、ストーリーはどうにかこうにか盛《も》り上《あ》がるという、…制作費《せいさくひ》がほとんど出《だ》してもらえないのにSF映画《エスエフえいが》をムリヤリ作《つく》ってしまいイタいことになってるくらいの、多少《たしょう》の無理《むり》である。こういうのを「こじんまりとまとまらず新人《しんじん》の荒々《あらあら》しさが出《で》ている！」と世間《せけん》では言《い》うのだ！

…とにかく！　目指《めざ》すは週刊少年《しゅうかんしょうねん》ジャンプ・ホップ☆ステップ賞《しょう》、賞金《しょうきん》50万円《まんえん》（手取《てど》り）、…じゃなくて…、ホップ☆ステップ賞入選《しょうにゅうせん》!!!

そのマンガのタイトルは『カラクリ』。『カラクリ』とは、強化人造《きょうかじんぞう》人間《にんげん》の俗称《ぞくしょう》。昔《むかし》から日本《にほん》のネーミングのセンスはカッコイイと思《おも》っていたので、変《へん》な横文字《よこもじ》はつけないことにした。「サイボーグ」って言《い》うより、和《わ》のテイスト風《ふう》に『カラクリ』で決定《けってい》！　そして、この読《よ》み切《き》り、『カラクリ』がボクの人生《じんせい》を大《おお》きく変《か》えることになる。そのことを岸本青年《きしもとせいねん》は、まだ知《し》らないのであった。

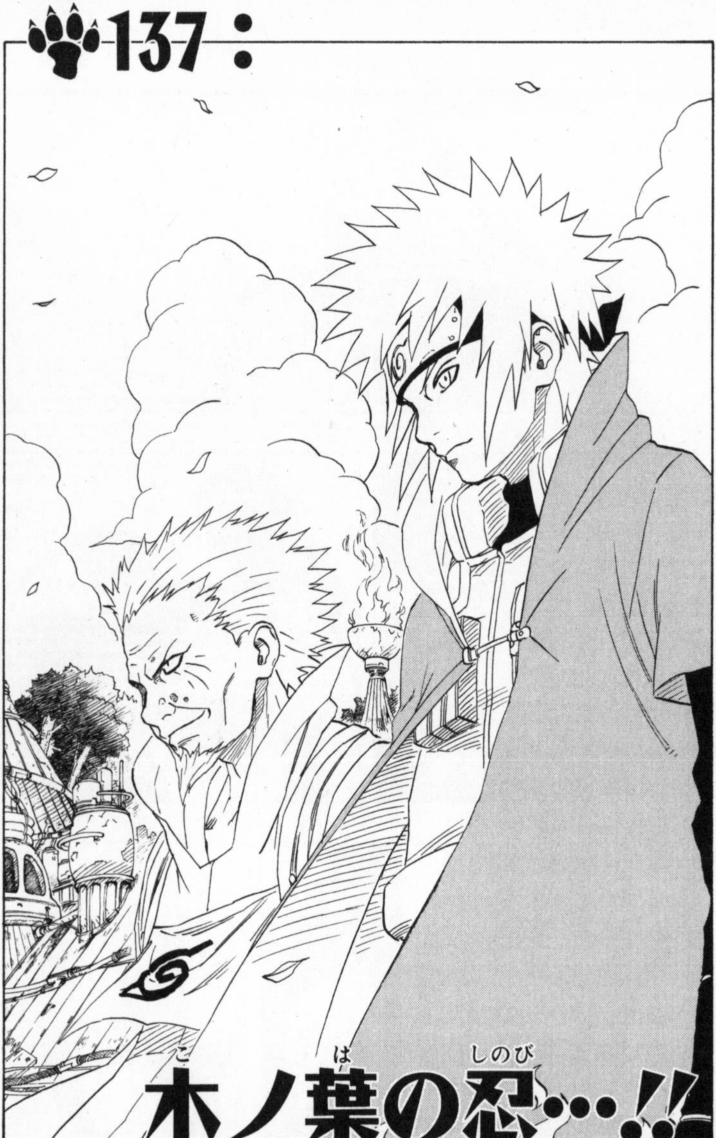
№《ナンバー》137：
木《こ》ノ葉《は》の忍《しのび》…!!

ググッ
ズズズッ
ズズッ
私《わたし》の野望《やぼう》が
終《お》わる…？
この状況《じょうきょう》で良《よ》く
そんなことが…
ワイッ
ぐっ…
…言《い》えますねェ
………

クッ…まだ腕《うで》がつかまれてるか…
…術《じゅつ》が出《だ》せない…
いい加減《かげん》に放《はな》してもらいましょうか
グリグリ

ぐぐ……
私《わし》の野望《やぼう》は止《と》まらぬ！
アンタがここで死《し》ぬんだよ!!
クッ……お前《まえ》の野望《やぼう》にこれ以上《いじょう》里《さと》は関《かか》わらせん……！
グリグリ
くっ…！
老《お》いぼれた今《いま》のアンタに三代目火影《さんだいめほかげ》としてこの里《さと》を救《すく》う力《ちから》があるのか？
この状況《じょうきょう》を見《み》てみろ…

この里《さと》には…私《わたし》の部下《ぶか》を含《ふく》め
砂隠《すながく》れの忍《しのび》どもも攻《せ》め込《こ》んで来《き》ている
木《こ》ノ葉崩《はくず》しここに成《な》る！
あなた方《がた》木《こ》ノ葉《は》の忍《しのび》は
女子供《おんなこども》一人残《ひとりのこ》らず全滅《ぜんめつ》ですよ…
………
分《わ》かっておらぬのォ…大蛇丸《オロチまる》よ
この里《さと》の忍《しのび》を甘《あま》く見《み》るな…

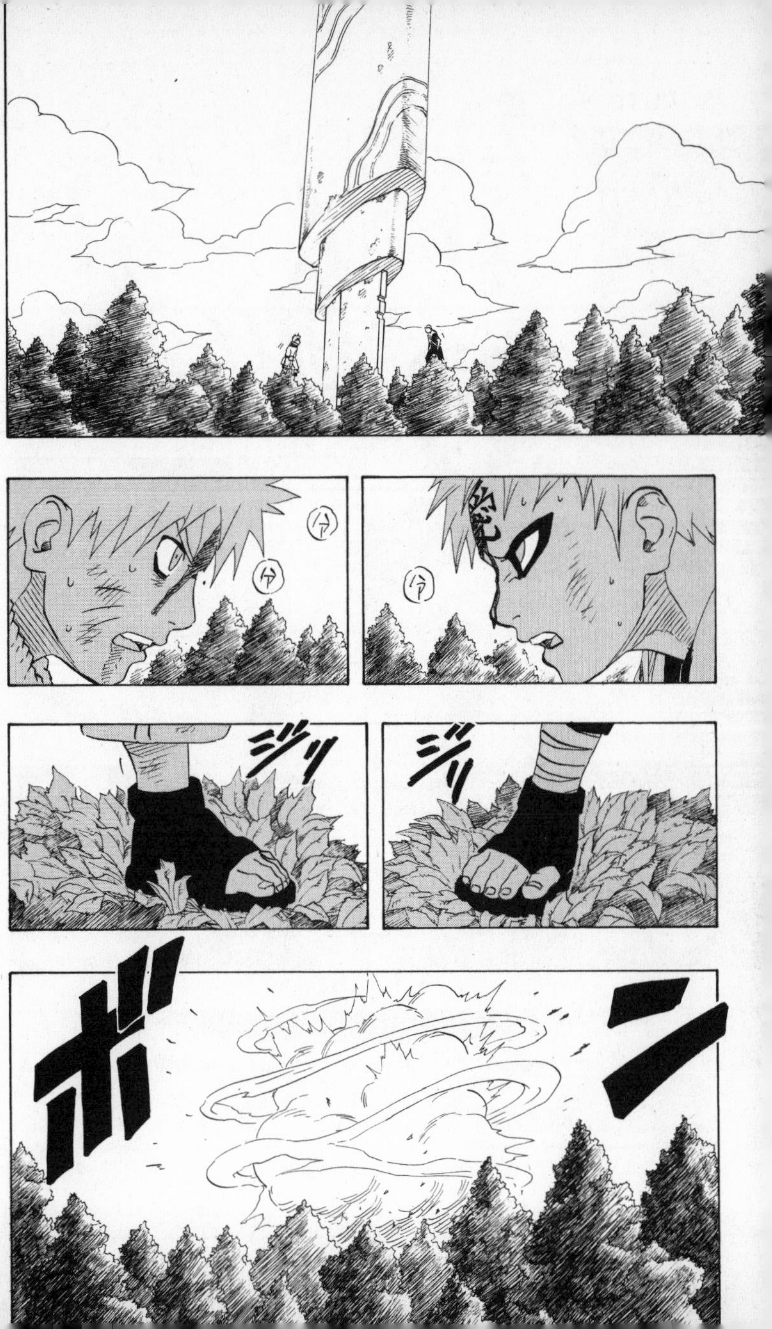
ハァ
ハァ
ハァ
ジリ
ジリ
ボン

仇《かたき》は　きっと
とってあげる
ズッ
行《い》くぞ!
ハイ!!
ザッザッザッザッ
うつほ　ミソノあさげ
のたいが　梅星にぎり
ムジナ　月光ハヤテ

ぐわあぁ!
ドドドドドドドドドドドドッ
日向《ひゅうが》は木《こ》ノ葉《は》にて最強《さいきょう》…
覚《おぼ》えておけ
倍《ばい》化《か》の術《じゅつ》!!
ズズ
ズン
うわぁあぁ!!
ぎゃあぁ!!

…体《からだ》が!!
ピク
ピクピク
ピク
木《こ》ノ葉《は》秘伝《ひでん》
ズッ
影縛《かげしば》りの術《じゅつ》は初《はじ》めてか?
じゃ…ついでにくらえ…
木《こ》ノ葉《は》秘伝《ひでん》影首縛《かげくびしば》りの術《じゅつ》
ズズズズ
心乱身《しんらんしん》の術《じゅつ》!!

く…
やめろ!!
どうした!?
ザッ
体《からだ》が勝手《かって》に…!!
昔《むかし》を思《おも》い出《だ》すな!
うぎゃあぁ!!
いの しか ちょう
トリオ
再結集《さいけっしゅう》だな
ザッ
…!
…体《からだ》の…毒気《どくけ》が…
動《うご》くな
シノ
ワシの寄壊蟲《きかいちゅう》を入《い》れた…毒抜《どくぬ》きをしている
オヤジ…

……!
西虎男
黒丸《くろまる》 行《い》くよ!
オウ!

木ノ葉《こ は》の忍《しのび》は皆《みな》
里《さと》を守《まも》るため…
命《いのち》懸《が》けで戦《たたか》う!
…………!
この世《よ》の本当《ほんとう》の力《ちから》とは
忍術《にんじゅつ》の極《きわ》めた先《さき》などにありはしない
かつて お前《まえ》にも教《おし》えたはずじゃ……
…………
…………

大切《たいせつ》な者《もの》を守《まも》る時《とき》…
真《しん》の忍《しのび》の力《ちから》は表《あらわ》れるのだと…
…御託《ごたく》はいい…
まあいい
…今《いま》さらお前《まえ》を許《ゆる》す気《き》もない
術《じゅつ》におぼれ術《じゅつ》におごったお前《まえ》には
それに相応《ふさわ》しい処罰《しょばつ》を下《くだ》す
…フン…
!
お前《まえ》の術《じゅつ》を全《すべ》てもらってゆくぞ!!
!
何《なん》だと!?

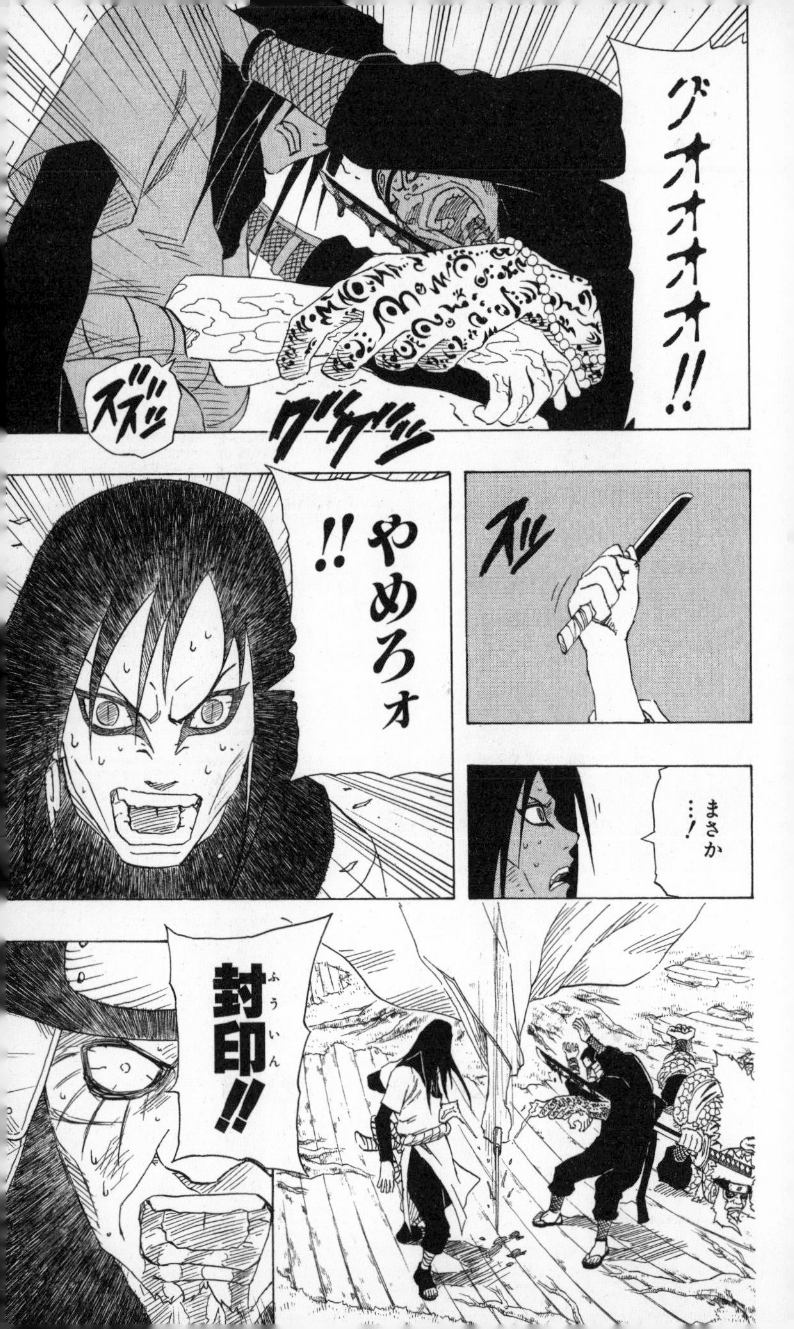
グノオオオオオ!!
ズズッ
グググッ
スッ
やめろォ!!
まさか…!
封印《ふういん》!!

くっ！
腕《うで》が動《うご》かぬ…
これで両腕《りょううで》は使《つか》えぬ…
両腕《りょううで》が使《つか》えぬ以上《いじょう》印《いん》も結《むす》べぬ…
お前《まえ》に忍術《にんじゅつ》はもはや無《な》い
ジワァ～
ブラン
ブラン

木《こ》ノ葉《は》…崩《くず》し
ここに破《やぶ》れたり…
ズズッ
この老《お》いぼれが！
私《わたし》の腕《うで》を返《かえ》せ!!
愚《おろ》かなるかな
…大蛇丸《オロチまる》
共《とも》に逝《い》けぬのは
残念《ざんねん》じゃが…
…我《わ》が弟子《でし》よ
いずれ あの世《よ》で
会《あ》おう
ズズッ
風前《ふうぜん》の灯火《ともしび》の
ジジイが！
よくも！
よくも私《わたし》の術《じゅつ》を
…！
木《こ》ノ葉《は》舞《ま》う
ところに…
火《ひ》は燃《も》ゆる…

火《ひ》の影《かげ》は
里《さと》を照《て》らし…

また…
木《こ》ノ葉《は》は芽《め》吹《ぶ》く

ナンバー 138：木《こ》ノ葉《は》崩《くず》し、終結《しゅうけつ》!!

ガガッ
ズザザザ
ガズガザ
な…
何故《なぜ》だ……

イラッ
……!!
……
こっ…

このくそジジィが!!
ドン
何《なに》が可笑《おか》しい!!
猿飛《さるとび》!!
せめてこの剣《けん》だけでも…!
ズズズッ
ズボッ
ボン
忍《しのび》の道《みち》を極《きわ》めた…
まさにお前《まえ》らしい
最期《さいご》だった…

グウウウウッ!!
腕《うで》が焼《や》けるようだ…
大蛇丸様《オロチまるさま》!!
ぐゥウ…
作戦《さくせん》はここまでよ…
結界《けっかい》はもういい…
帰《かえ》るわ…
はっ!

!
!
!
……
ザッ
行《い》くぞ!!
ザッ ザッ
ザザザッ
ザッ
逃《に》がすか!!

ズッ
忍法《にんぽう》・・・・
蜘蛛縛《クモしば》り!!
!
!
バサッ
ぐっ!!
チャクラを流《なが》し込《こ》んだ粘着性《ねんちゃくせい》の糸《いと》か…

カカシ！奴《やつ》ら動《うご》いたぞ
追《お》うか!?
いや待《ま》て！ガイ
ドドッ
そう…上《うえ》の状況情報《じょうきょうじょうほう》がない状態《じょうたい》であまり好《す》き勝手《かって》に動《うご》き回《まわ》ると…
敵《てき》の罠《ワナ》にハマりますよ
そんなことは百《ひゃく》も承知《しょうち》だ
罠《ワナ》があろうと無《な》かろうとこんな時《とき》に敵《てき》を見逃《みのが》すわけにはいかん
…それが木《こ》ノ葉《は》の忍《しのび》だ
……で…
お前《まえ》は結局《けっきょく》見《み》てるだけか…
カブト…
やっぱりバレてた…
スッ

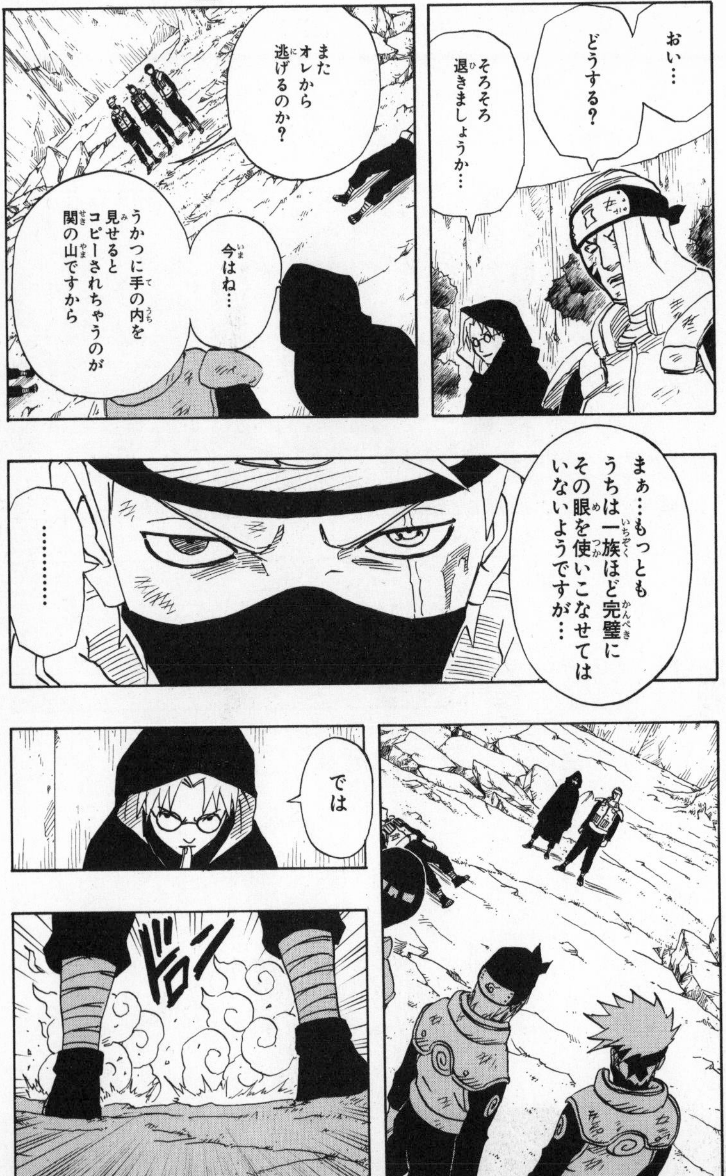
おい…
どうする？
そろそろ退《ひ》きましょうか…
またオレから逃《に》げるのか？
今《いま》はね…
うかつに手《て》の内《うち》を見《み》せるとコピーされちゃうのが関《せき》の山《やま》ですから
まぁ…もっともうちは一族《いちぞく》ほど完璧《かんぺき》にその眼《め》を使《つか》いこなせてはいないようですが…
………
では
ドロン

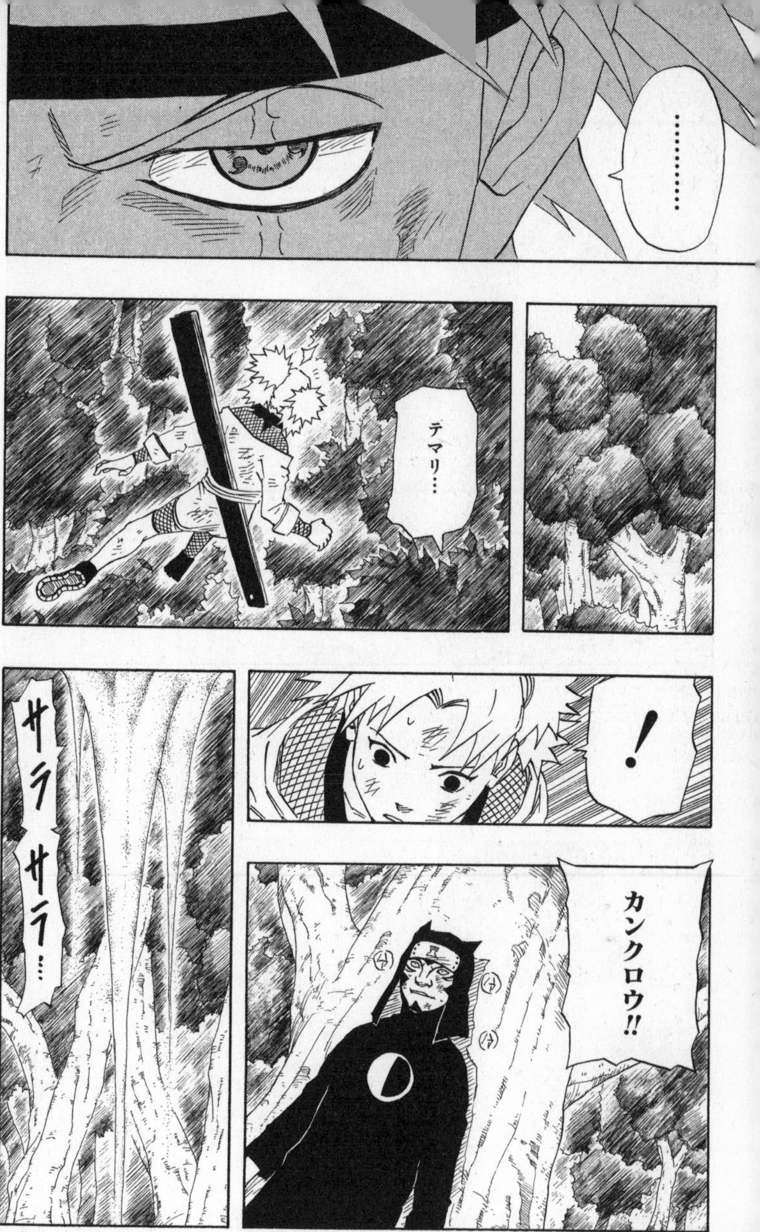
………
テマリ…
！
カンクロウ!!
サラ サラ…

グラッ
バシィ
スタッ
ぐっ…
スッ
ハァ
ハァ
サクラを
頼《たの》む…
ハァ
ハァ
ザッ
おい!!

…………
…何故《なぜ》…こいつはこれほどに強《つよ》い…!?
ギッ
グッ…
…オレの存在《そんざい》は消《き》えない………
消《き》えないのだ!!
消《き》えてたまるか!!
うぐっ…

あいつとは
口《くち》きくなっつった
だろ
わっ！
なんか臭《くさ》く
ねェ！
あ！いた
あれか…
あいつってさ
家族《かぞく》一人《ひとり》も
いねーんだろ
いなくなれ
バケモノ

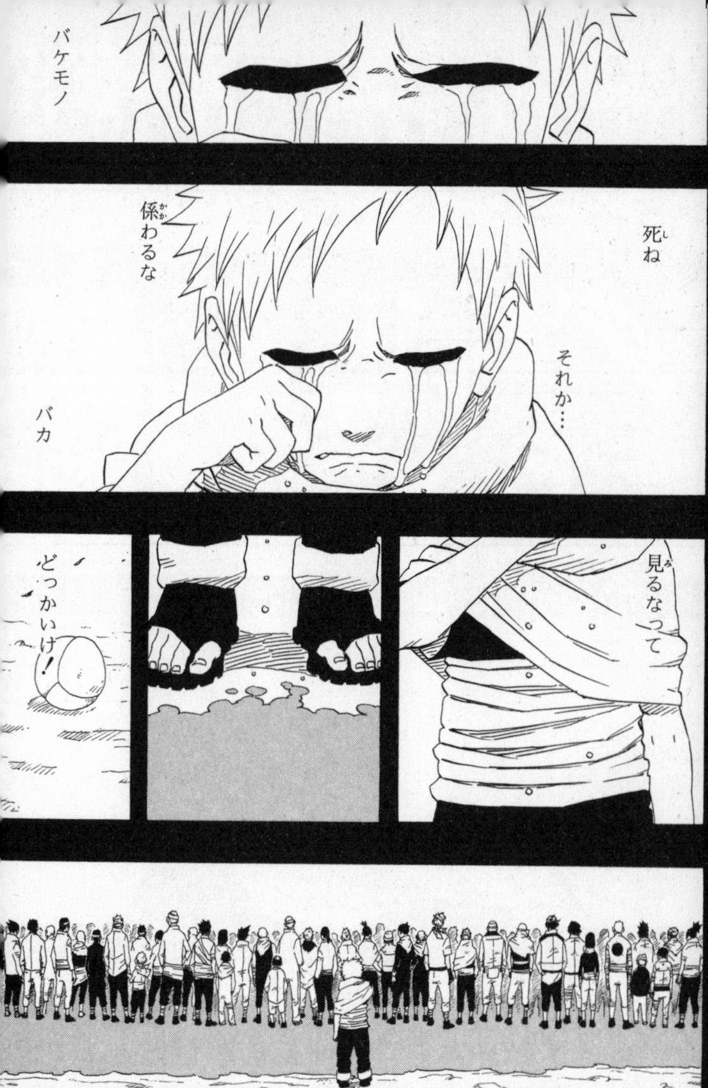
バケモノ
死《し》ね
それか…
係《かか》わるな
バカ
見《み》るなって
どっかいけ!

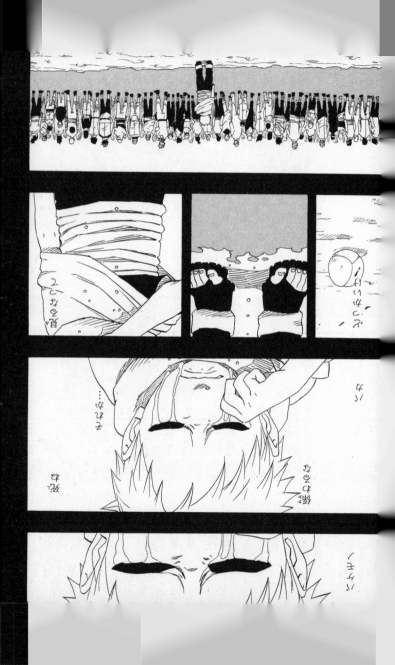

奴《やっ》らにとって…
消《け》し去《さ》りたい
過去《かこ》の遺物《いぶつ》だ
ではオレは
何《なん》のために存在《そんざい》し
生《い》きているのか？
ズズッ
自分《じぶん》のことをこう思《おも》った…
いや…そう思《おも》わざるを
得《え》なかった…
ぐっ…
そしてそれが
一番辛《ばんつら》いことだと
知《し》った…
ズイズッ
自分《じぶん》が　この世《よ》に
まるで…
必要《ひつよう》とされない
存在《そんざい》だということ
です…
ズズッ
くっ…
来《く》るな!!
ゾワッ
ズズッ
ぐ…っ

…一人《ひとり》ぼっちの…あの苦《くる》しみは
ハンパじゃねーよなぁ…
お前《まえ》の気持《きも》ちは…なんでかなぁ…痛《いた》いほど分《わ》かるんだってばよ……

けど……オレにはもう大切《たいせつ》な人《ひと》たちが出来《でき》たんだ…
オレの大切《たいせつ》な人《ひと》たち…傷《きず》つけさせねェ……
ハァ
ハァ
ハァ
ハァ
………
でなけりゃー お前《まえ》を殺《ころ》してでも…
ハァ
ハァ
オレは お前《まえ》を止《と》める…
………
何《なん》で…
ぐっ……
ズズッ
何《なん》で お前《まえ》は 他人《たにん》の為《ため》に ここまで…

一人《ひとり》ぼっちの あの地獄《じごく》から 救《すく》ってくれた……
オレの存在《そんざい》を 認《みと》めてくれた… 大切《たいせつ》な皆《みんな》 だから…
……
…自分《じぶん》の身近《みぢか》にいる 大切《たいせつ》な人《ひと》に尽《つ》くしてあげたいと 慈《いつく》しみ 見守《みまも》る心《こころ》…
…愛情《あいじょう》……
だから こいつは 強《つよ》いのか…

ザザッ
ぐっ…
ズズッ
もういい
ナルト…
サクラは
もう大丈夫《だいじょうぶ》だ
!
こいつもチャクラが
尽《つ》きたんだろ…
とっくにサクラの砂《すな》は
崩《くず》れたよ…
…そっか…
フッ
…!!!
ザザッ
ザザッ

もういい…
ヤメだ
…うずまき…
ナルトか……
…こんな
弱《よわ》りきった
我愛羅《ガアラ》は 初《はじ》めて
見《み》るじゃん
……分《わ》かったよ
スッ
ザッ
ザッ
………
………

いつか…
愛
オレにも…

テマリ…
カンクロウ
愛
済《す》まない……
!
!
………
べ……
別《べつ》にいいって…
ぐっ…
ザッ
ザッ
ザッ
ザッ

[岸本斉史《きしもとまさし》の世界《せかい》]

生《お》い立《た》ちヒストリー24 その1

なんだかんだで読《よ》み切《き》り『カラクリ』31ページを描《か》き上《あ》げて、ジャンプに投稿《とうこう》する日《ひ》が来《き》た。あれは確《たし》か2月《がつ》の終《お》わりギリギリで、審査員《しんさいん》は荒木飛呂彦先生《あらきひろひこせんせい》だった。

郵便局《ゆうびんきょく》へ行《い》き、ドキドキしながら原稿《げんこう》を手渡《てわた》し、手《て》を合《あ》わせて(どうか受賞《じゅしょう》しますように！) とまた都合《つごう》のいい時《とき》だけ神仏《しんぶつ》に祈《いの》りを捧《ささ》げる。…この時《とき》はいつも大《おお》マジである！ 目《め》をつむり、心《こころ》の底《そこ》から願《ねが》うのである。おそらく20回《かい》は繰《く》り返《かえ》し、この言葉《ことば》を捧《ささ》げただろう。あまりに真剣《しんけん》に拝《おが》んでいたため、気《き》がつかなかったが、我《われ》に返《かえ》ると局員《きょくいん》さんは手渡《てわた》された封筒《ふうとう》を手《て》に動《うご》きが止《と》まり、ものすごく冷《つめ》たい目《め》でこちらを見《み》ていた。

それもそのはず、封筒《ふうとう》を手渡《てわた》されて、急《きゅう》に自分《じぶん》が拝《おが》まれだせば、誰《だれ》だって（コイツ、ヤバイ…）と思《おも》うハズである。しかも、すごい真顔《まがお》で口元《くちもと》でブツブツ言《い》い始《はじ》めるのである。むしろヤバイと言《い》うよりコワイ！ しかし、そんなことはカンケーない!! とにかく受賞《じゅしょう》したいんだから、しょうがない!!

その後《ご》、家《いえ》に帰《かえ》って賞《しょう》の発表《はつぴょう》まで2か月《げつ》あまりをずっと待《ま》つ。…友達《ともだち》と楽《たの》しく話《はな》していても、学校《がっこう》の授業中《じゅぎょうちゅう》でも、気《き》になって仕方《しかた》がない。夜《よる》、寝《ね》る時《とき》も発表《はつぴょう》のことを考《かんが》えるとなかなか寝《ね》つけない。夜《よる》、ゴソゴソと原稿《げんこう》のコピーを見直《みなお》して、「あ～！ やっぱこんなんじゃ受賞《じゅしょう》するわけねーがなぁ！」と言《い》ったり、「ん～！ でもひょっとしたらイケそうな気《き》がしないでも…」と言《い》ったり、…気疲《きづか》れしてしまった。そして発表《はつぴょう》の6日前《かまえ》になったある日《ひ》、とんでもないことを友達《ともだち》から聞《き》くことになる！

その友達《ともだち》は高校時代《こうこうじだい》、うすた京介先生《きょうすけせんせい》の友達《ともだち》だった。そして一言《ひとこと》、こんなことを言《い》ったのである。

（次《つぎ》へつづくよ）

139：その者《もの》の名《な》は…!!
とりあえず 壊滅《かいめつ》は免《まぬが》れた ものの 被害《ひがい》は甚大《じんだい》な ようですね
栄華《えいが》を極《きわ》めた あの里《さと》が… 哀《あわ》れだな
故郷《こきょう》には やはり 未練《みれん》がありますか？ アナタでも…
……
ガラにも 無《な》い…
いいや…
まるで 無《な》いよ

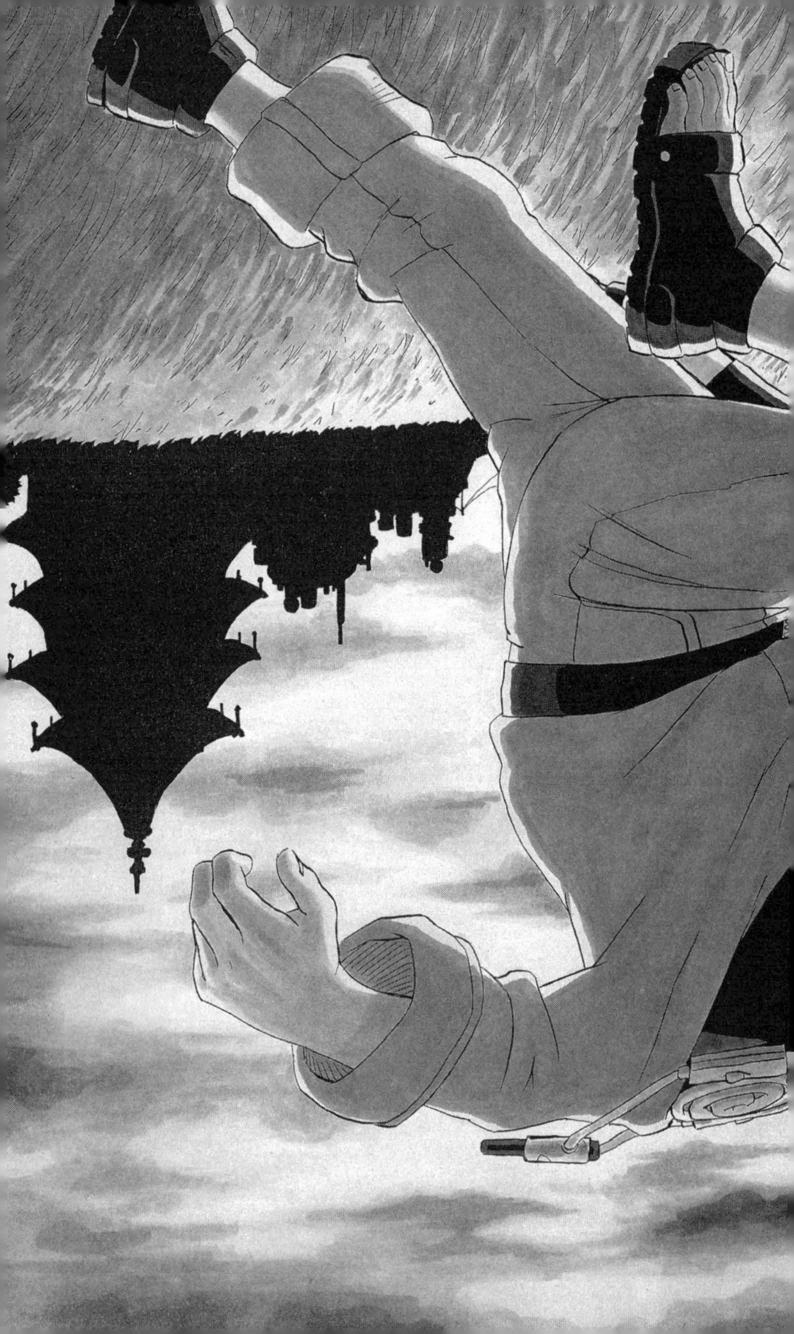

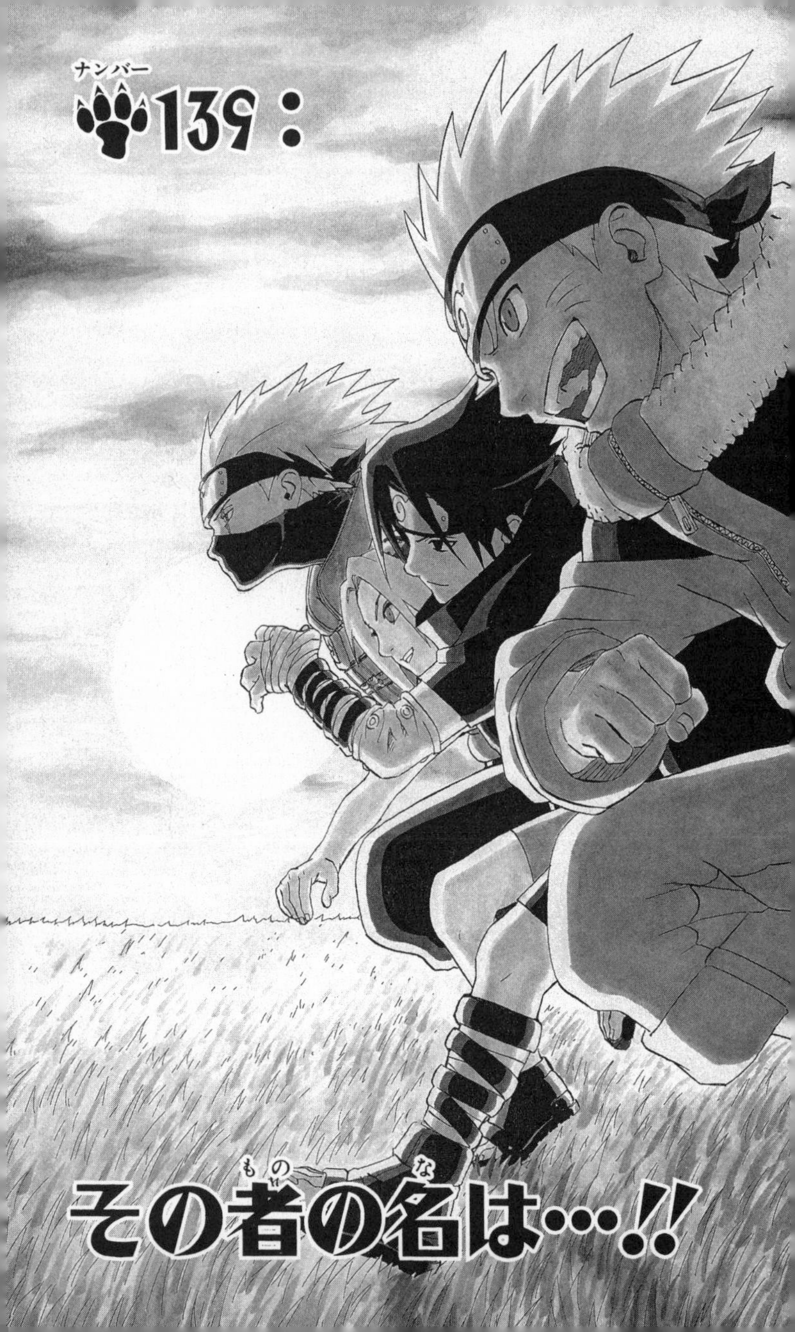
《ナンバー》139：
その者《もの》の名《な》は…!!

ズズズ
ニコニコ
一楽

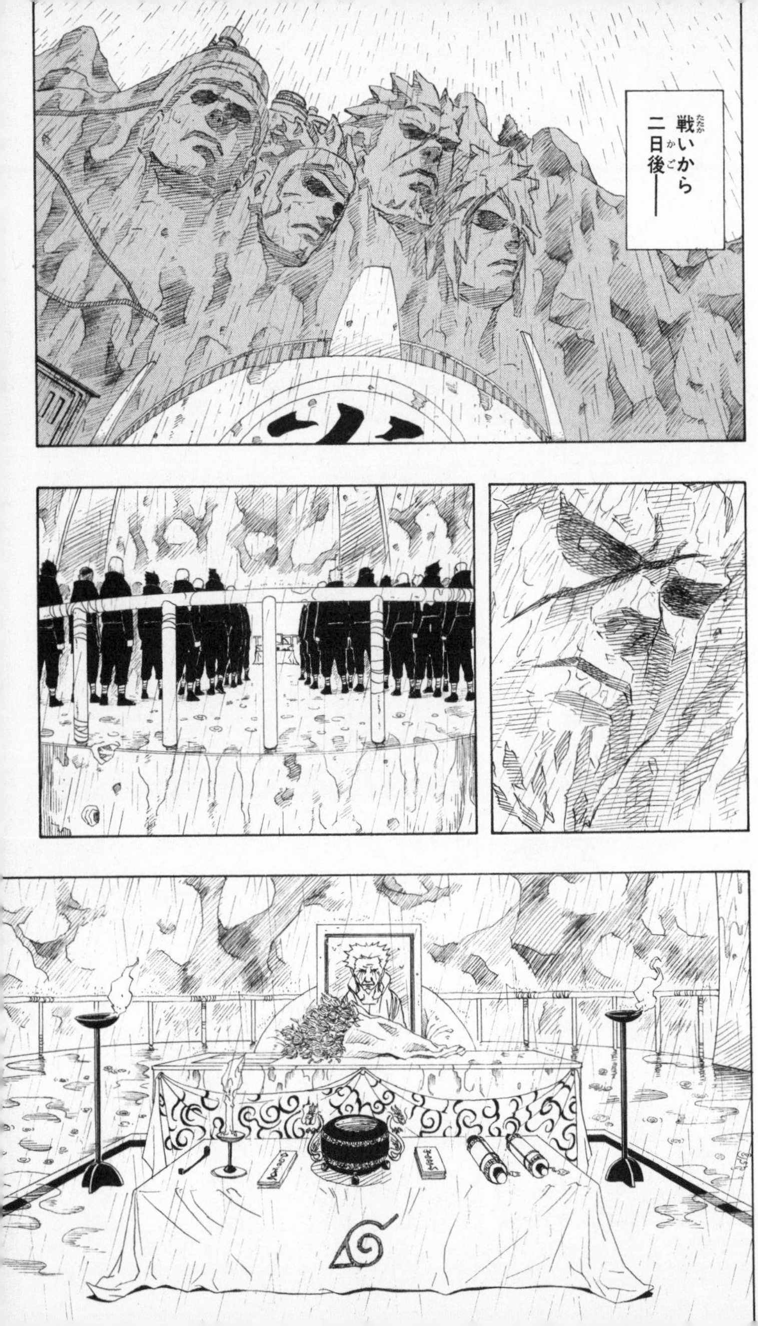
戦《たたか》いから
二日後《かご》——

……
………
…うっ
…うっ…

………
もう一年《ねん》になるか…
悲《かな》しみを隠《かく》して笑《わら》うのは簡単《かんたん》なことではないな…
うっ…う…
!
忍者学校《アカデミー》では…
お前《まえ》はいつも笑《わら》いの中心《ちゅうしん》になっていると
担任《たんにん》から聞《き》いたが…
………
ヒック ヒック
………
ボクは…悲《かな》しくなんかないんだ!
忍《しのび》が任務《にんむ》で死《し》ぬのは名誉《めいよ》なことだ!!
………
父《とう》ちゃんも母《かあ》ちゃんも
バケ狐《ぎつね》からこの里《さと》を命懸《いのちが》けで守《まも》った…
英雄《えいゆう》だぞ!!
蝶野アゲハ
真白ネズミ　芋井エ
あじヒラキ　霜降に

ボクはその英雄《えいゆう》の子供《こども》だ!!
一人《ひとり》になったって悲《かな》しくなんかないんだ!!
これだってうれし涙《なみだ》なん……
もういい…
お前《まえ》がいつも一人膝《ひとりひざ》を抱《かか》えてたことは知《し》っとる…
ギュ
!
………
…しかしお前《まえ》は一人《ひとり》ではない……
!
木ノ葉隠《こはがく》れの忍《しのび》たちは
皆《みな》火《ひ》の意志《いし》を持《も》っておる
………
……火《ひ》の意志《いし》?

この里《さと》を守《まも》ろうとする強《つよ》い意志《いし》のことじゃ
…………
…この火《ひ》の意志《いし》を持《も》っておるかぎりこの里《さと》に居《い》る者《もの》は全《すべ》て家族《かぞく》そのものじゃ…
…イルカよ…お前《まえ》は持《も》っておるかのォ…
…………
うん！
ニコ
伊賀シノビ　から
蛾野アゲハ　たい
真白ネズミ
あじヒラや
霧ハサミ
目空ウロコ　神楽

うっ…
うっ…
スッ
………
ハヤテへか…

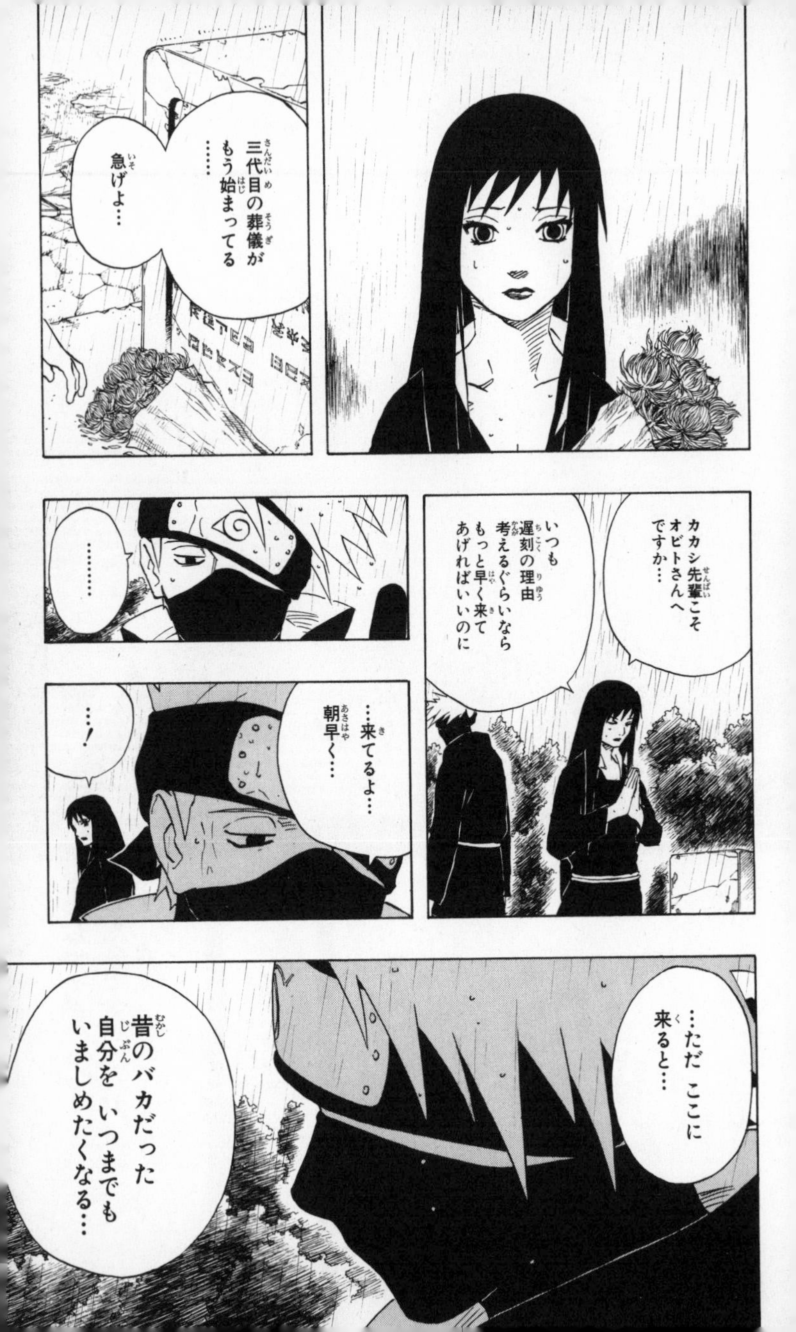
三代目《さんだいめ》の葬儀《そうぎ》がもう始《はじ》まってる……
急《いそ》げよ…
カカシ先輩《せんぱい》こそオビトさんへですか…
いつも遅刻《ちこく》の理由《りゆう》考《かんが》えるぐらいならもっと早《はや》く来《き》てあげればいいのに
……
…来《き》てるよ…朝早《あさはや》く…
…！
…ただ ここに来《く》ると…
昔《むかし》のバカだった自分《じぶん》を いつまでもいましめたくなる…

フン
スズは二つだ…
二つしかないってことは…
一人《ひとり》は丸太《まるた》か…
察《さっ》しがいいな大蛇丸《オロチまる》
チリン チリン
よっしゃー!! やったるでェ——!!
チリン
にししし…自来也《じらいや》 アンタとの賭《か》け 勝《か》ったわね!
やっぱアンタが丸太《まるた》行《い》き!
うるせー ムネペッタンコのまな板《いた》ツナデがー!!

ンだとコラー！このインテリエロ助《すけ》が!!
ハイハイ！もういいから…ツナデと大蛇丸《オロチまる》は帰《かえ》ってろ
ハーーイ♡
ズッ
ガッ
……フン
………
ズ…
ム
…まったくお前《まえ》は…忍者《にんじゃ》がバレバレのワナに何度《なんど》も引《ひ》っかかるとは何事《なにごと》か!!
だって……

少《すこ》しは大蛇丸《オロチまる》を見習《みなら》え！
………
キッ
猿飛先生《さるとびせんせい》はいつも大蛇丸《オロチまる》大蛇丸《オロチまる》ってうっせーよ！
オレだって覗《のぞ》きする時《とき》はすっげー透遁術《とうとんじゅつ》うまいんだぜ
まだ見《み》つかったことねーもん！
………
…ったく……
お前《まえ》の言《い》う透遁術《とうとんじゅつ》がどれほどのものか……
今度《こんど》は ワシもついていく…
……!?
………
猿飛先生《さるとびせんせい》のスケベ…

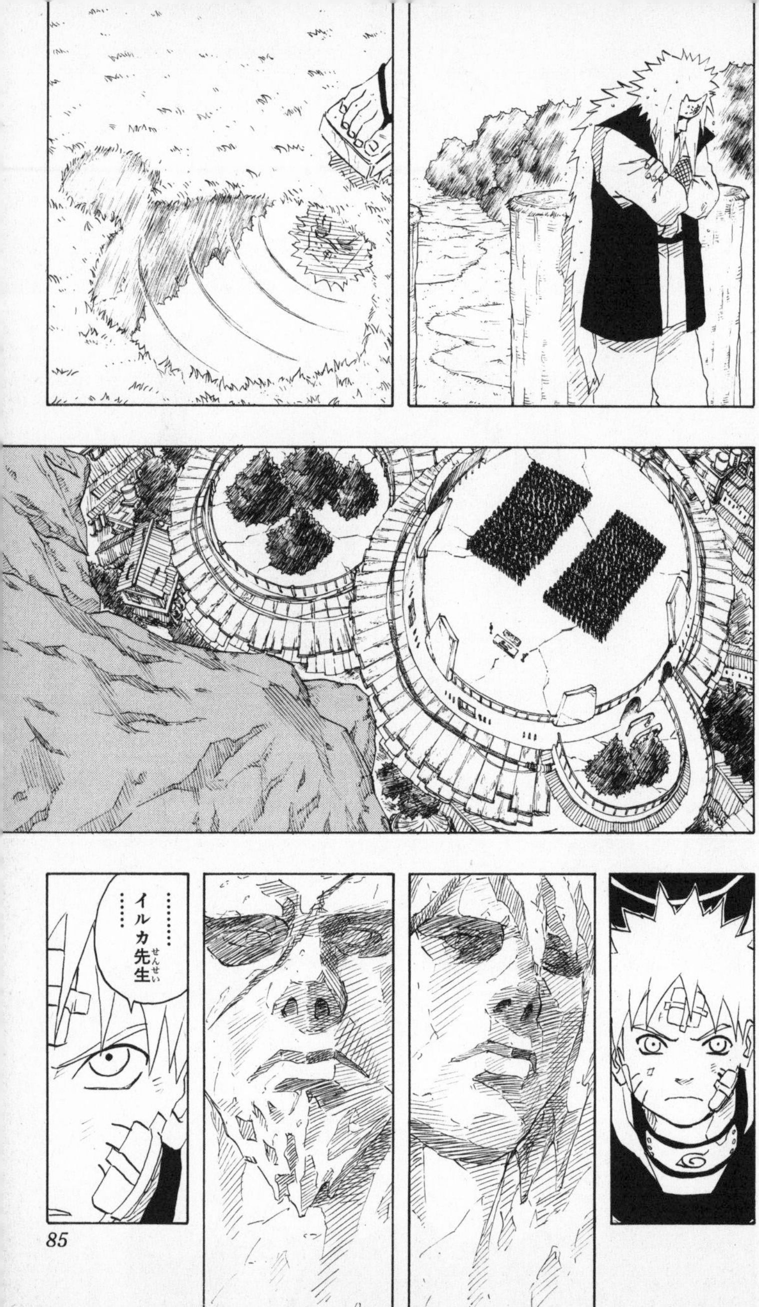
……イルカ先生《せんせい》……

!
……なんで人《ひと》は……
人《ひと》のために命《いのち》をかけたりするのかなぁ……
………
人間《にんげん》が一人《ひとり》死《し》ぬ……なくなる
過去《かこ》や 今《いま》の生活《せいかつ》そしてその未来《みらい》と一緒《いっしょ》にな……
ハヤテだってその一人《ひとり》だよ
………
たくさんの人《ひと》が任務《にんむ》や戦争《せんそう》で死《し》んでゆくそれも 死《し》ぬ時《とき》は驚《おどろ》くほどあっさりと…簡単《かんたん》にだ
死《し》にゆく者《もの》にも 夢《ゆめ》や目指《めざ》すものはある…しかし 誰《だれ》にもそれと同《おな》じくらい大切《たいせつ》なものがあるんだ

両親《りょうしん》 兄弟《きょうだい》 友達《ともだち》や
恋人《こいびと》 里《さと》の仲間《なかま》たち
自分《じぶん》にとって
大切《たいせつ》な人《ひと》たち…
互《たが》いに信頼《しんらい》し合《あ》い
助《たす》け合《あ》う
生《う》まれ落《お》ちた時《とき》から
ずっと大切《たいせつ》に思《おも》ってきた
人《ひと》たちとのつながり…
…そして
そのつながった糸《いと》は
時《とき》を経《へ》るに従《したが》い
太《ふと》く力強《ちからづよ》く
なっていく…
理屈《りくつ》じゃないのさ！
その糸《いと》を
持《も》っちまった奴《やつ》は
そうしちまうんだ…
大切《たいせつ》だから…
…………
うん…
なんとなくは
オレにも…
分《わ》かるってばよ…

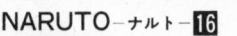

でも……死《し》ぬのは辛《つら》いよ
三代目《さんだいめ》だって ただで死《し》んだわけじゃないよ
ちゃんとオレ達《たち》に大切《たいせつ》なものを残《のこ》してくれてる…
？
ま…いずれお前《まえ》にも分《わ》かるようになるさ
うん…！
それも何《なん》となく分《わ》かるってばよ……

じゃっね！
イルカ先生《せんせい》
タン
ああ
ダッ
…木《こ》ノ葉隠《はがく》れの
小《ちい》さな木《こ》ノ葉《は》たちに…
三代目《さんだいめ》………
アナタの言《い》う火《ひ》の意志《いし》は
どうやら ちゃんと
受《う》け継《つ》がれているようです…
…木《こ》ノ葉《は》に着《つ》いた
その小《ちい》さな火種《ひだね》は
やがて強《つよ》く大《おお》きく燃《も》えて……
また この里《さと》を
照《て》らし 守《まも》るのでしょう…
いつの日《ひ》か
新《あら》たな火影《ほかげ》と
なって…

140《ナンバー》：接近《せっきん》…!!
四区

エへへへ
まだそんなくだらんことをしとるのかお前《まえ》は…
ザッ
一応《いちおう》取材《しゅざい》ですからのォ
ホムラのオッチャンにコハル先生《せんせい》か…
ご意見番《いけんばん》がこのワシに何《なん》の用《よう》かのォ?

くっ…
ドサッ
おのれ…
猿飛《さるとび》め……
ギィ
まぁ
そう簡単《かんたん》では
ありませんよ
何《なに》せ
相手《あいて》にしたのは
五大国最強《ごたいこくさいきょう》と
謳《うた》われる 火影《ほかげ》
なのですから
…しかし……
上出来《じょうでき》ですよ
あの〝五影《ごかげ》〟を
二人《ふたり》までも…
…!

私《わたし》を慰《なぐさ》めるような
台詞《せりふ》は止《や》めなさい…
殺《ころ》すわよ……
……
…もちろん
そのような
つもりは
ありません…
この計画《けいかく》の
もう一《ひと》つの目的《もくてき》
うちはサスケ…
確《たし》かに 里《さと》は
落《お》とせません
でしたが……
彼《かれ》には
アナタの首輪《くびわ》が
つけられた…
……
ククク…
この腕《うで》と
私《わたし》の全《すべ》ての術《じゅつ》と
引《ひ》き換《か》えにね…
……

そもそも あの うちはイタチを 手《て》に入《い》れることが できれば 問題《もんだい》はなかった……
しかし それは もはや 叶《かな》わぬ夢《ゆめ》…
彼《かれ》は 私《わたし》以上《いじょう》に 強《つよ》い……
……
だから…… あの組織《そしき》を 抜《ぬ》けたのよ…
空

こっちだ!
ザッ
ザッ
!!
こ…これは!
死後《しご》 かなり経過《けいか》している…
…中忍《ちゅうにん》試験《しけん》の始《はじ》まる前《まえ》だろう
…くっ……
そうか…そういうことだったのか……
…おのれ…

大蛇丸《オロチまる》…
風影様《かぜかげさま》 殺害後《さつがいご》
大蛇丸《オロチまる》…あるいは
カブトあたりが
風影様《かぜかげさま》を演《えん》じていた…
うかつだった
この事実《じじつ》…
そして 全《すべ》ての事件《じけん》の発端《ほったん》が
主謀者《しゅぼうしゃ》・大蛇丸《オロチまる》の手《て》によるものだと
いうことを 砂隠《すながく》れはすぐさま
公《おおやけ》のものとした…
風
さらに木ノ葉《こは》に対《たい》し
全面的《ぜんめんてき》な降伏《こうふく》を宣言《せんげん》し
木ノ葉《こは》もこれを受諾《じゅだく》する…
木《こ》ノ葉側《はがわ》としても
戦禍《せんか》の爪痕《つめあと》 そして国力《こくりょく》の復旧《ふっきゅう》を
急務《きゅうむ》と考《かんが》えたのである
火

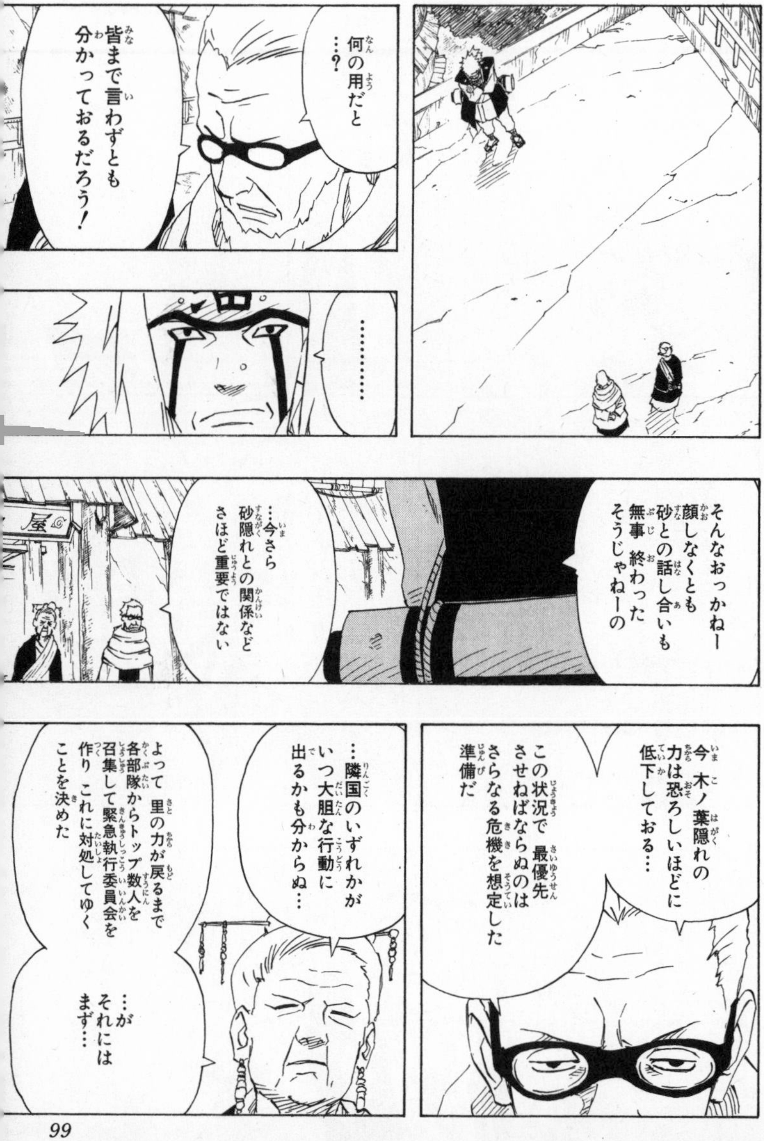
何《なん》の用《よう》だと…？
皆《みな》まで言《い》わずとも分《わ》かっておるだろう！
…………
そんなおっかねー顔《かお》しなくとも砂《すな》との話《はな》し合《あ》いも無事《ぶじ》終《お》わったそうじゃねーの
…今《いま》さら砂隠《すながく》れとの関係《かんけい》などさほど重要《じゅうよう》ではない
今《いま》木《こ》ノ葉《は》隠《がく》れの力《ちから》は恐《おそ》ろしいほどに低下《ていか》しておる…
この状況《じょうきょう》で最優先《さいゆうせん》させねばならぬのはさらなる危機《きき》を想定《そうてい》した準備《じゅんび》だ
…隣国《りんごく》のいずれかがいつ大胆《だいたん》な行動《こうどう》に出《で》るかも分《わ》からぬ…
よって里《さと》の力《ちから》が戻《もど》るまで各部隊《かくぶたい》からトップ数人《すうにん》を召集《しょうしゅう》して緊急執行委員会《きんきゅうしっこういいんかい》を作《つく》りこれに対処《たいしょ》してゆくことを決《き》めた
…がそれにはまず…

信頼《しんらい》のおける強《つよ》い指導者《リーダー》が要《い》る
大蛇丸《オロチまる》だけではない
…今《いま》や揉《も》め事《ごと》の種《たね》はそこら中《じゅう》に転《ころ》がっておる…
いいか…一《ひと》つ基本的《きほんてき》な方針《ほうしん》を言《い》っておく……
五代目火影《ごだいめほかげ》は今《いま》すぐにでも必要《ひつよう》だ！
そして昨日《きのう》火《ひ》の国《くに》の大名《だいみょう》と設《もう》けた緊急会議《きんきゅうかいぎ》で…自来也《じらいや》
…それがお前《まえ》に決《き》まった
おあいにく様《さま》
ワシはそんな柄《ガラ》じゃあないのお…

これは決定《けってい》だ
それに三忍《さんにん》と謳《うた》われたお前《まえ》ほどの忍《しのび》が柄《ガラ》でないなら他《ほか》に誰《だれ》がいるというのだ！
三忍《さんにん》ならもう一人《ひとり》いるだろ！
………
ツナデの奴《やつ》が…
……確《たし》かにあの子《こ》ならその器《うつわ》かもしれんが…
その行方《ゆくえ》が皆目見当《かいもくけんとう》もつかん
ワシが見《み》つけて連《つ》れてくる
そうすりゃ問題《もんだい》はないだろ？
…しかし…

やる気《き》のない ワシより 切《き》れ者《もの》の ツナデ姫《ひめ》の方《ほう》が 火影《ほかげ》に向《む》いとる
………
………
分《わ》かった… 早急《そうきゅう》に考慮《こうりょ》しよう…
ただし ツナデ捜索隊《そうさくたい》として 三人《にん》の暗部《あんぶ》を お前《まえ》に付《つ》ける……
どーする?
心配《しんぱい》しなくても 逃《に》げやしねー っての
見張《みは》り役《やく》は 余計《よけい》だのォ
ただ… 旅《たび》の供《とも》に 一人《ひとり》連《つ》れてきたい 奴《やつ》がいる
面白《おもしろ》い卵《たまご》を 見付《みつ》けたん でのォ

寿し
大黒堂
金
だんご
久《ひさ》しぶりの帰郷《ききょう》でしょう…
どうです？探《さが》しものをする前《まえ》に茶《ちゃ》でも…
…ああ…いいだろう…

冬木
!
よう！お二人《ふたり》さん…仲《なか》のよろしいことで……
デートですか？
バーカ 私《わたし》はアンコに団子《だんご》を頼《たの》まれたのよ
お前《まえ》こそこんなとこで何《なに》やってる？甘《あま》いもの苦手《にがて》じゃなかったか……
いやね…供《そな》え物《もの》を買《か》いに来《き》たついでに
ここで待《ま》ち合《あ》わせしてんのよ
サスケとね

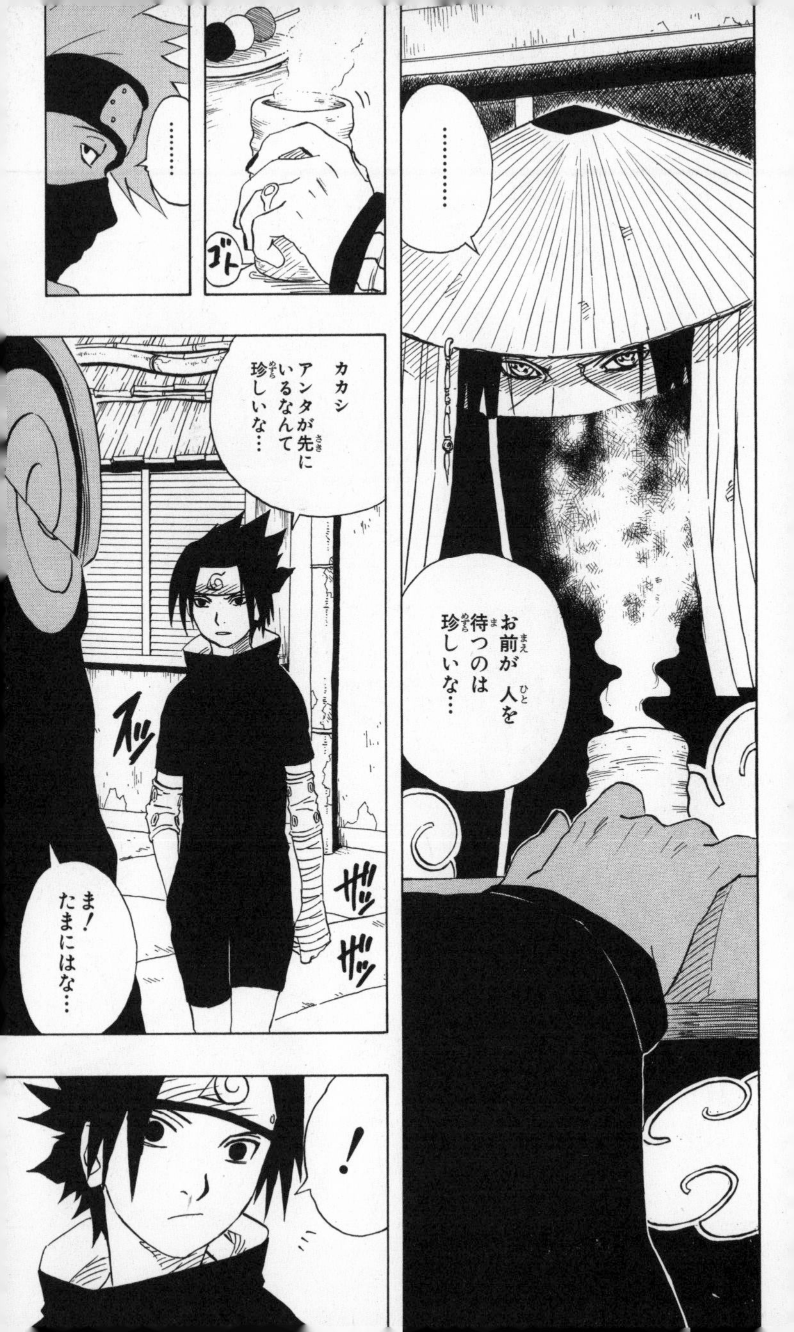
…………
お前《まえ》が 人《ひと》を待《ま》つのは珍《めずら》しいな…
ゴト
……
カカシ
アンタが先《さき》にいるなんて珍《めずら》しいな…
スッ
ザッ
ザッ
ま!
たまにはな…
!

オレは
納豆《なっとう》と甘《あま》いもんは
ダメだぜ
あ…
そうなの
スッ
……
コク
コク
!
ザッ
ザッ

ラ
一楽
ズズズズ
ラココ
聞《き》いた通《とお》り来《き》てみりゃ…
本当《ほんとう》に ラーメンばっか
食《く》っとるようじゃのォ…
！
ビクッ
バア《(あ!)》！
ベボゼンニン《エロセンニン》！

ザッ
お久《ひさ》し振《ぶ》りです
アスマさん…
紅《くれない》さん……
スッ

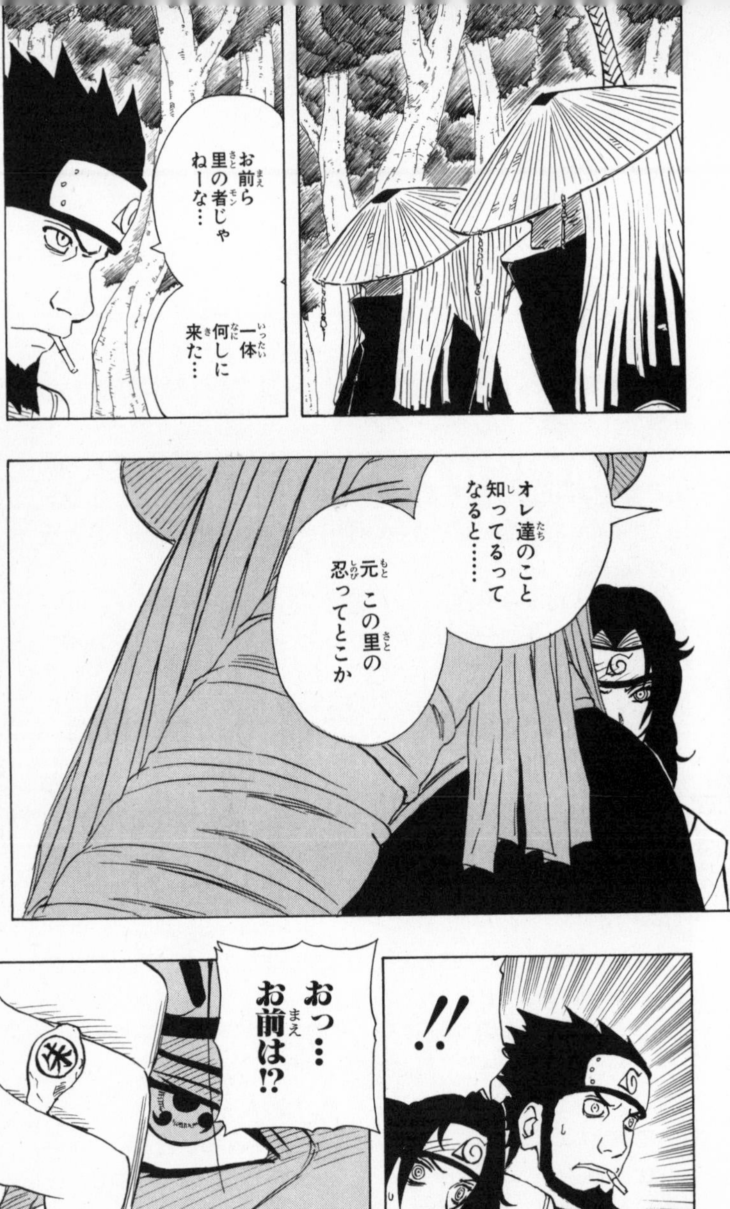

お前《まえ》ら里《さと》の者《モン》じゃねーな…
一体《いったい》何《なに》しに来《き》た…
オレ達《たち》のこと知《し》ってるってなると……
元《もと》この里《さと》の忍《しのび》ってとこか
!!
おっ…お前《まえ》は!?

[岸本斉史《きしもとまさし》の世界《せかい》]

生《お》い立《た》ちヒストリー24 その2

その友達《ともだち》は、「うすた先生《せんせい》は受賞《じゅしょう》1週間前《しゅうかんまえ》くらいに編集《へんしゅう》から連絡《れんらく》があったらしい」と言《い》うのだ!

「え!」(ということは? まだ連絡《れんらく》がないということは!? まさかダメだったということか!!?)とヘコんでしまい、大学《だいがく》を休《やす》んで、ふてくされてゲームをして遊《あそ》んでいた。しかしゲームをしながら、心《こころ》の底《そこ》では…(でも連絡早《れんらくはや》くしすぎて受賞《じゅしょう》した奴《やつ》が嬉《うれ》しさのあまり、自分《じぶん》の受賞《じゅしょう》をネットとかに流《なが》したら、ジャンプで発表《はっぴょう》する前《まえ》に結果《けっか》がわかってしまうんじゃねーの! もし、そんなことになったらヤバイだろ! それって、やっぱダメっぽいしな! 多分《たぶん》、そんな理由《りゆう》で連絡《れんらく》は当日《とうじつ》か、早《はや》くて前日《ぜんじつ》ぐらいなんじゃねーの! ホントは!)と心《こころ》の中《なか》で言《い》い訳《わけ》がましい理由《りゆう》をつけて、連絡《れんらく》が来《く》ることを祈《いの》っていた。

そして、いよいよ発表前日《はっぴょうぜんじつ》! 連絡《れんらく》があるかも知《し》れないと、ずっと家《いえ》にいたが、その日《ひ》は連絡《れんらく》がなかった。その夜《よる》は、なかなか寝《ね》つけず、ずっと夜中《よなか》までドキドキしていた。そして少《すこ》しウトウトしているなと自分《じぶん》で感《かん》じている時《とき》…、電話《でんわ》が鳴《な》った…。

受話器《じゅわき》を取《と》り、耳《みみ》に当《あ》てる。心臓《しんぞう》は破裂《はれつ》しそうである! 「もしもし、…岸本《きしもと》です」。すると…、「こちら週刊少年《しゅうかんしょうねん》ジャンプの者《もの》ですが…」。思《おも》わず「…ハイ!」と言《い》うと…、「今回《こんかい》、アナタの『カラクリ』がめでたく受賞《じゅしょう》されました! おめでとうございます!」。その声《こえ》を聞《き》いた時《とき》、本当《ほんとう》に心臓《しんぞう》が破裂《はれつ》したかと思《おも》うほど、**ドキン!** として目《め》が覚《さ》めた…。

…全部《ぜんぶ》、夢《ゆめ》だったのである。(これはマジ本当《ほんとう》!! 目《め》が覚《さ》めて、すごくブルーになったもの!)。

そして、いよいよ発表当日《はっぴょうとうじつ》の朝《あさ》、その朝《あさ》の夢《ゆめ》が正夢《まさゆめ》ならなぁ…と一人《ひとり》コンビニへ向《む》かった。既《すで》にあきらめも入《はい》っていた(ダメかもしんない…)。結果《けっか》が早《はや》く知《し》りたいようで、知《し》りたくないような…、なんとも言《い》えない気持《きも》ちのままコンビニの中《なか》に入《はい》ると、そこにはレジ前《まえ》に山積《やまづ》みされている週刊少年《しゅうかんしょうねん》ジャンプがあった。未《いま》だかつて、こんなにドキドキしたことがないぐらいだった。心臓《しんぞう》が口《くち》から出《で》そうだった。

141《ナンバー》：うちはイタチ!!
ズッ
ズッ
…フン
間違《まちが》い無《な》い……
パチ
パチ

うちはイタチ
うちはイタチ!!
ナンバー
141‥

……
……
…イタチさんのお知《し》り合《あ》いですか?
ズッ
なら…私《わたし》も自己紹介《じこしょうかい》しておきましょう
……
干柿鬼鮫《ほしがきキサメ》
以後《いご》お見知《みし》りおきを
以後《いご》なんてのはねーよ
お前《まえ》らは今《いま》からオレがとっちめる!

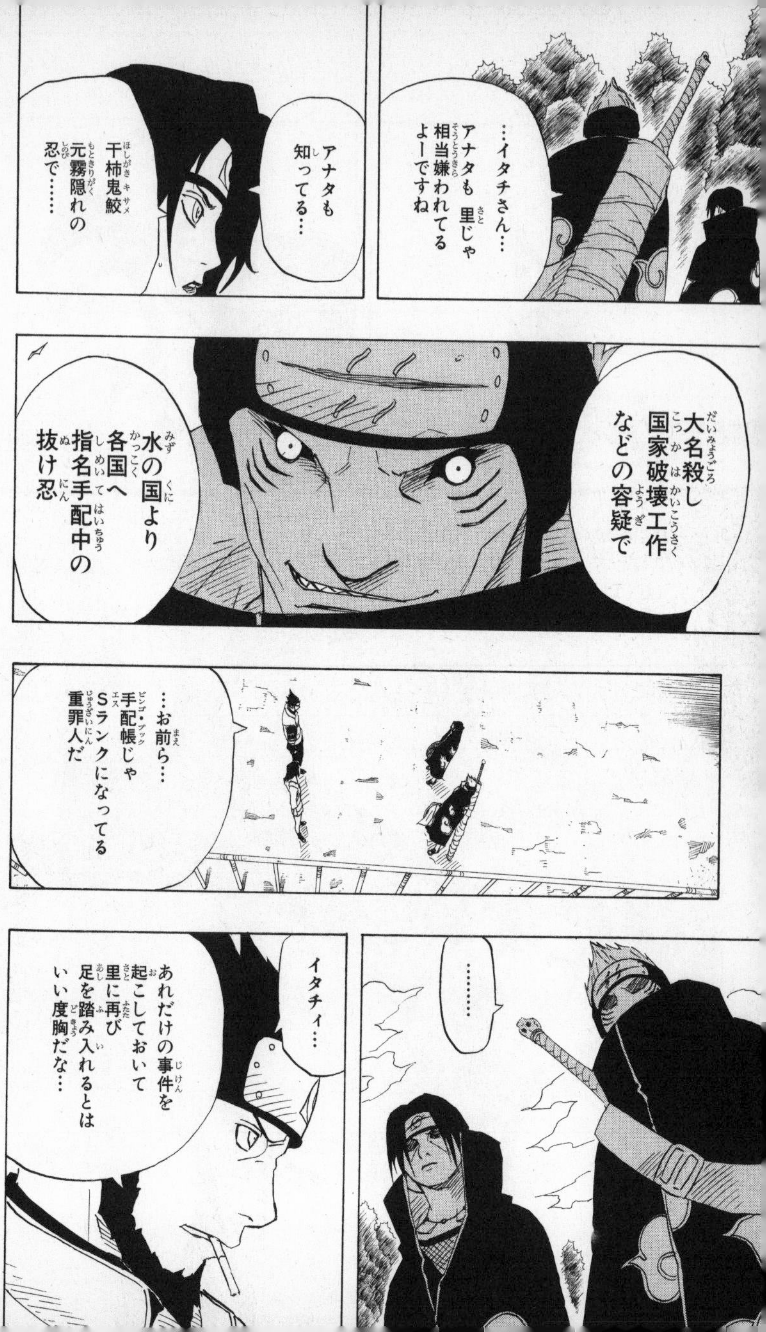
…イタチさん… アナタも 里《さと》じゃ 相当嫌《そうとうきら》われてる よーですね
アナタも 知《し》ってる…
干柿鬼鮫《ほしがきキサメ》 元霧隠《もときりがく》れの 忍《しのび》で……
大名殺《だいみょうごろ》し 国家破壊工作《こっかはかいこうさく》 などの容疑《ようぎ》で
水《みず》の国《くに》より 各国《かっこく》へ 指名手配中《しめいてはいちゅう》の 抜《ぬ》け忍《にん》
…お前《まえ》ら… 手配帳《ビンゴ・ブック》じゃ S《エス》ランクになってる 重罪人《じゅうざいにん》だ
………
イタチィ…
あれだけの事件《じけん》を 起《お》こしておいて 里《さと》に再《ふたた》び 足《あし》を踏《ふ》み入《い》れるとは いい度胸《どきょう》だな…

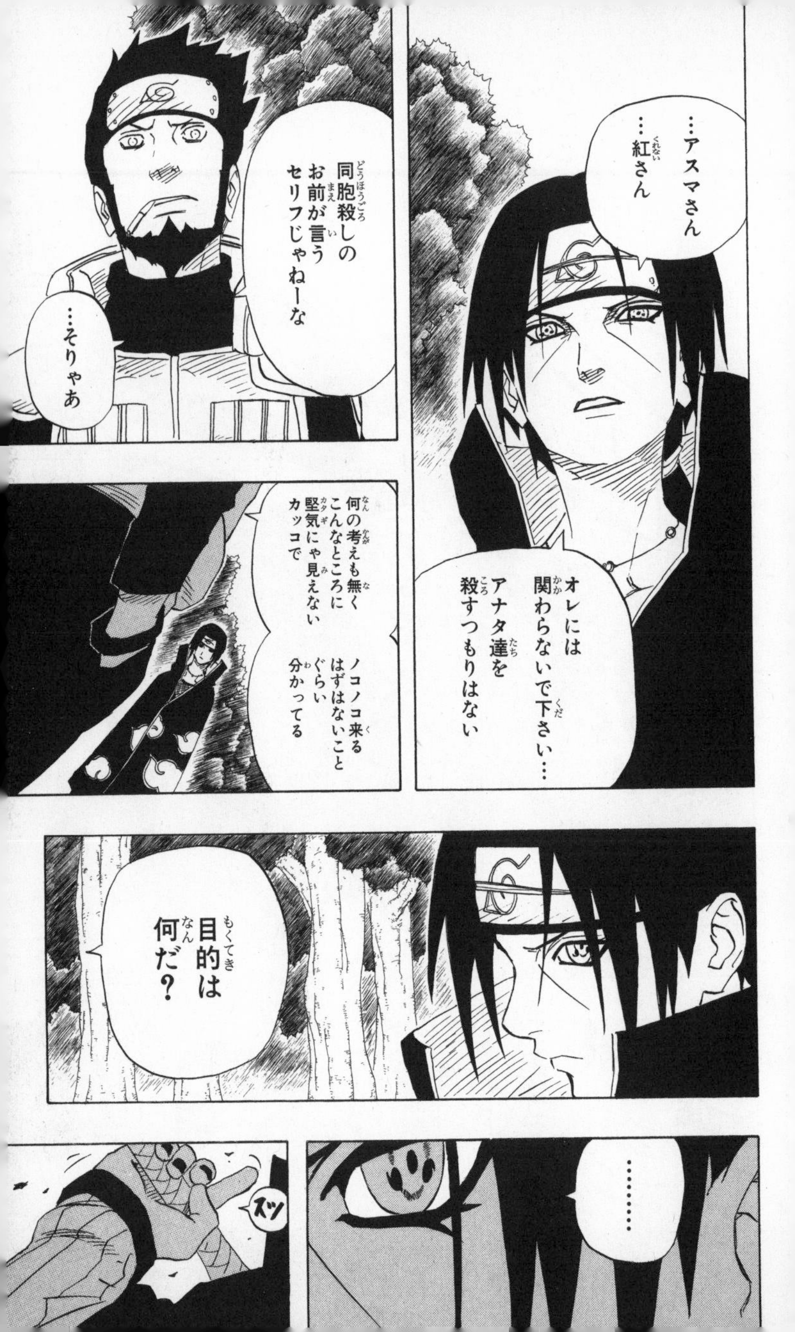
…アスマさん …紅《くれない》さん
同胞殺《どうほうごろ》しの お前《まえ》が言《い》う セリフじゃねーな
…そりゃあ
オレには 関《かか》わらないで下《くだ》さい… アナタ達《たち》を 殺《ころ》すつもりはない
何《なん》の考《かんが》えも無《な》く こんなところに 堅気《カタギ》にゃ見《み》えない カッコで
ノコノコ来《く》る はずはないこと ぐらい 分《わ》かってる
目的《もくてき》は 何《なん》だ？
……
スッ

この方《かた》けっこーウルサイですね
殺《ころ》しますか？
素直《すなお》には里《さと》から出《で》れそうにないな…
だが派手《ハデ》にやり過《す》ぎるなお前《まえ》の技《わざ》は目立《めだ》つ…
決《き》まりですね

トン

カキン

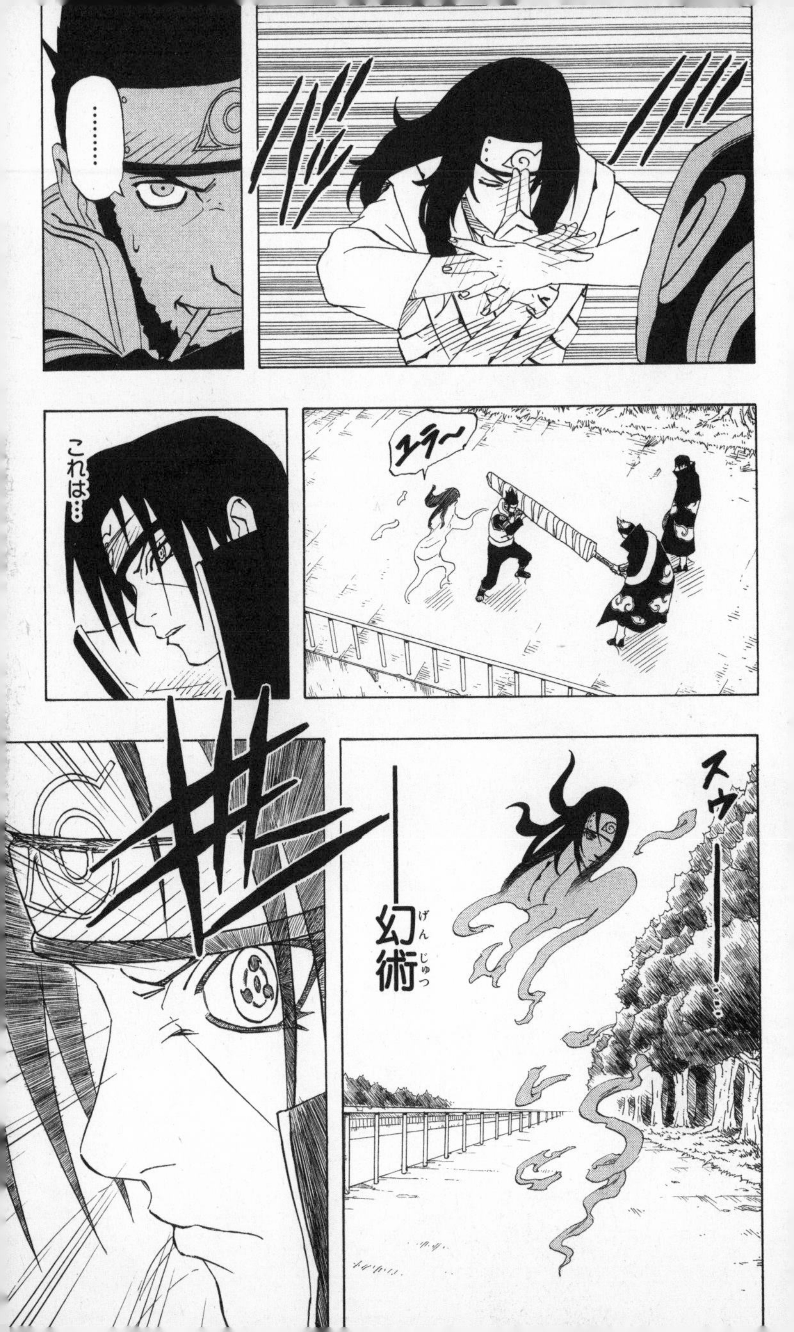
……
これは…
ユラ～
スゥ――…
幻術《げんじゅつ》――

刀《かたな》の先《さき》で圧《お》されるとはよ…何《なん》て力《ちから》してやがる
トン
ニィ
私《わたし》の大刀《だいとう》〝鮫肌《サメハダ》〟は斬《き》るのではなく…
……!!

ウォラァァ!!!
グイ
削《けず》る!!
ピッ
……!!
チィ!

……
紅《くれない》…遅《おそ》いぜ
!

ウォラァア!!!
グイ
削《けず》る!!
ピッ
……!!
チィ！

ズ
……
紅《くれない》…遅《おそ》いぜ
!
ザ
ズラッブ

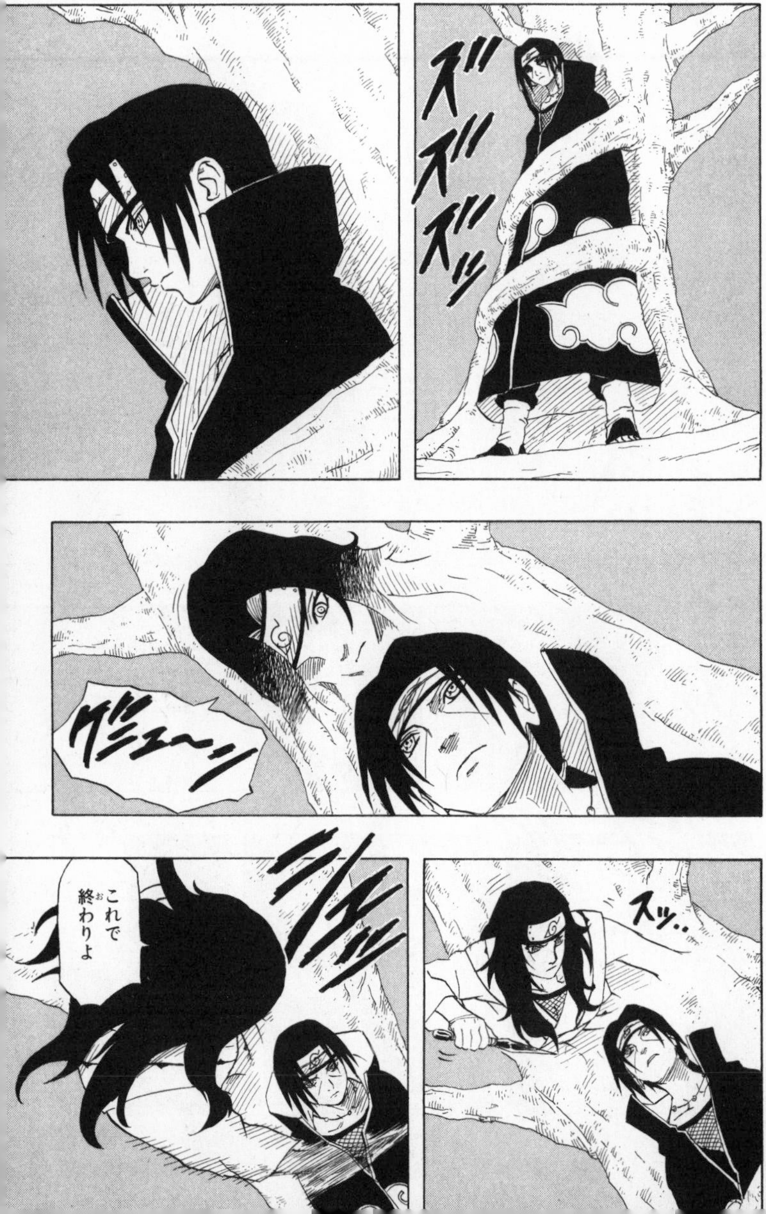
ズズズズッ
グニュ～ッ
スッ‥
これで終《お》わりよ

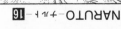

オレにその程度《ていど》の幻術《げんじゅつ》は効《き》かない…
!!
これは…幻術返《げんじゅつがえ》し!!
スッ
ガッ
カリ
……

ザザザ
ザッ
ブン
ブッ
!!
カッ
ズッ
バキ
!!
紅《くれない》!!
よそ見してる間《ま》は無《な》いですよ
!

さすが紅《くれない》さん…
でも……
!
でも…
ま!
ここまでだよ
お前《まえ》がな
!
ズッ
ブン
ブン
ブン
ズッ

なに!?
スパッ
!
ブゥウ…
水遁《すいとん》
バッバッバッ
水鮫弾《すいこうだん》の術《じゅつ》!!

私《わたし》と同《おな》じ術《じゅつ》…!!
何《なん》でお前《まえ》まで出《で》てくんだっつーの
いやー さっきはお二人《ふたり》にお願《ねが》いしちゃったけど…
ま! 気《き》になるじゃないやっぱ…
影分身《かげぶんしん》……

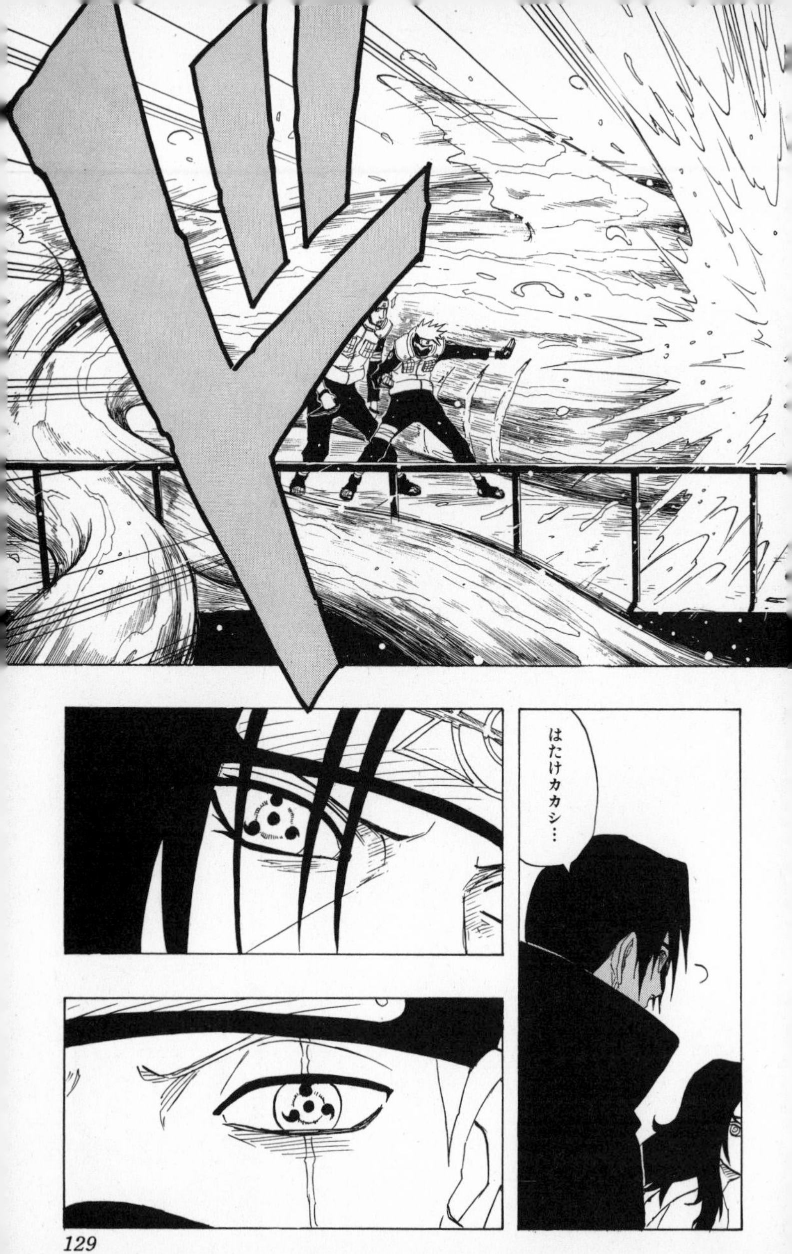
はたけカカシ…

№《ナンバー》142：
カカシVS《バーサス》イタチ

…あの眼《め》は　昔《むかし》のまま…
…とはいえ
真《しん》の写輪眼《しゃりんがん》継承者《けいしょうしゃ》…
最悪《さいあく》の事態《じたい》も想定《そうてい》して
おかなきゃならないな…

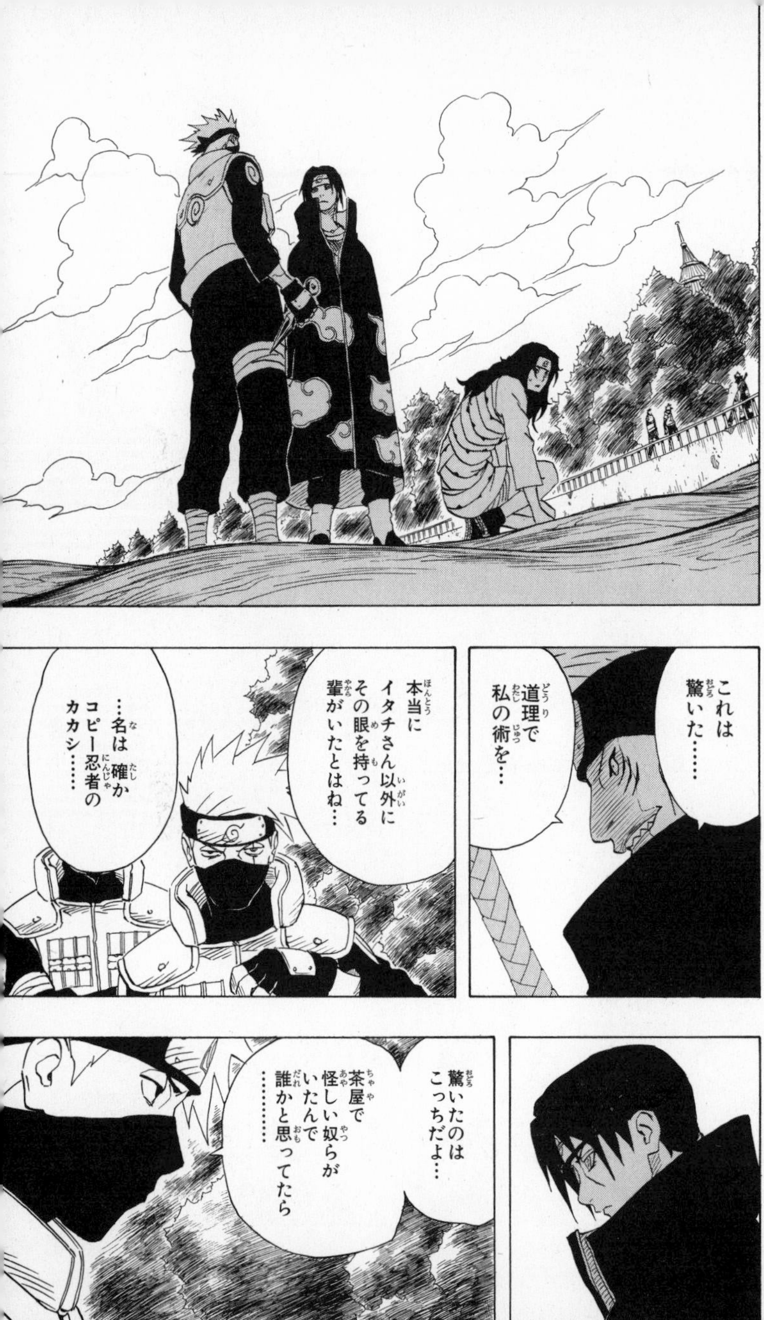

これは驚《おどろ》いた……
道理《どうり》で私《わたし》の術《じゅつ》を…
本当《ほんとう》にイタチさん以外《いがい》にその眼《め》を持《も》ってる輩《やから》がいたとはね…
…名《な》は確《たし》かコピー忍者《にんじゃ》のカカシ……
驚《おどろ》いたのはこっちだよ…
茶屋《ちゃや》で怪《あや》しい奴《やつ》らがいたんで誰《だれ》かと思《おも》ってたら………

まさか
うちはイタチと
…霧隠《きりがく》れの怪人《かいじん》
干柿鬼鮫《ほしがきキサメ》とはね
これはこれは……私《わたし》の名《な》まで
光栄《こうえい》ですよ
…なるほど"霧《きり》の忍刃七人衆《しのびがたなにんしゅう》"の一人《ひとり》
そのデカい刀《かたな》が"鮫肌《サメハダ》"というわけか
ククッ
…再不斬《ザブザ》の小僧《こぞう》は
アナタとやり合《あ》ったと聞《き》きましたが…?
ああ…

クク……
削《けず》りがいのある方《かた》だ……
ギリ
よせ……
鬼鮫《キサメ》
!
!
!

………お前《まえ》が その人《ひと》と まともにやり合《あ》えば ただでは済《す》まない…
それに時間《じかん》をかければ 他《た》の忍《しのび》が ここに 駆《か》けつけるだろう
しかし……
お前《まえ》は ここに 手傷《てきず》を負《お》いに 来《き》たわけじゃ ないだろう!
目的《もくてき》を 見失《みうしな》うな…
ボン
………その目的《もくてき》とやらを 聞《き》こうか……?
………
………
探《さが》しものを 見付《みつ》けに 来《き》ただけです…
………
探《さが》しもの…?

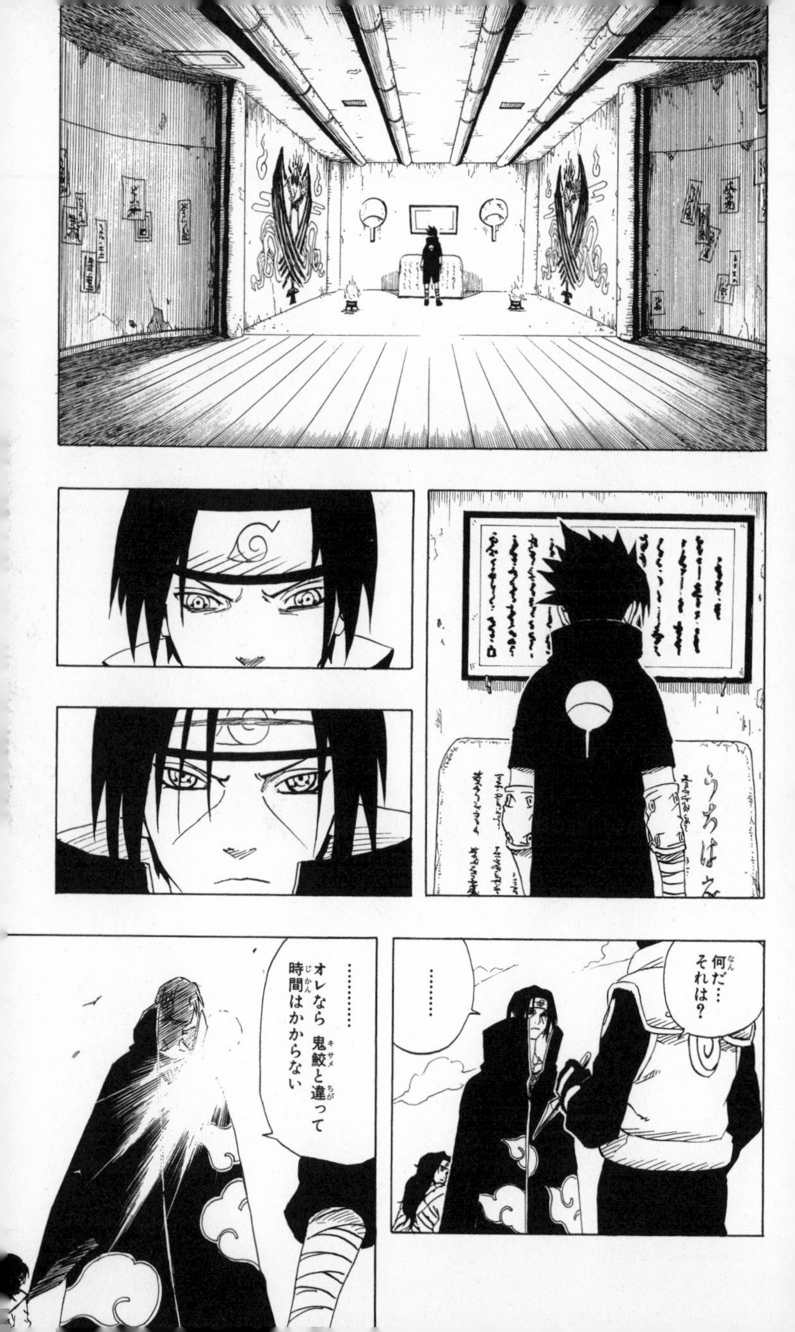
何《なん》だ…
それは?
………
………
オレなら 鬼鮫《キサメ》と違《ちが》って
時間《じかん》はかからない

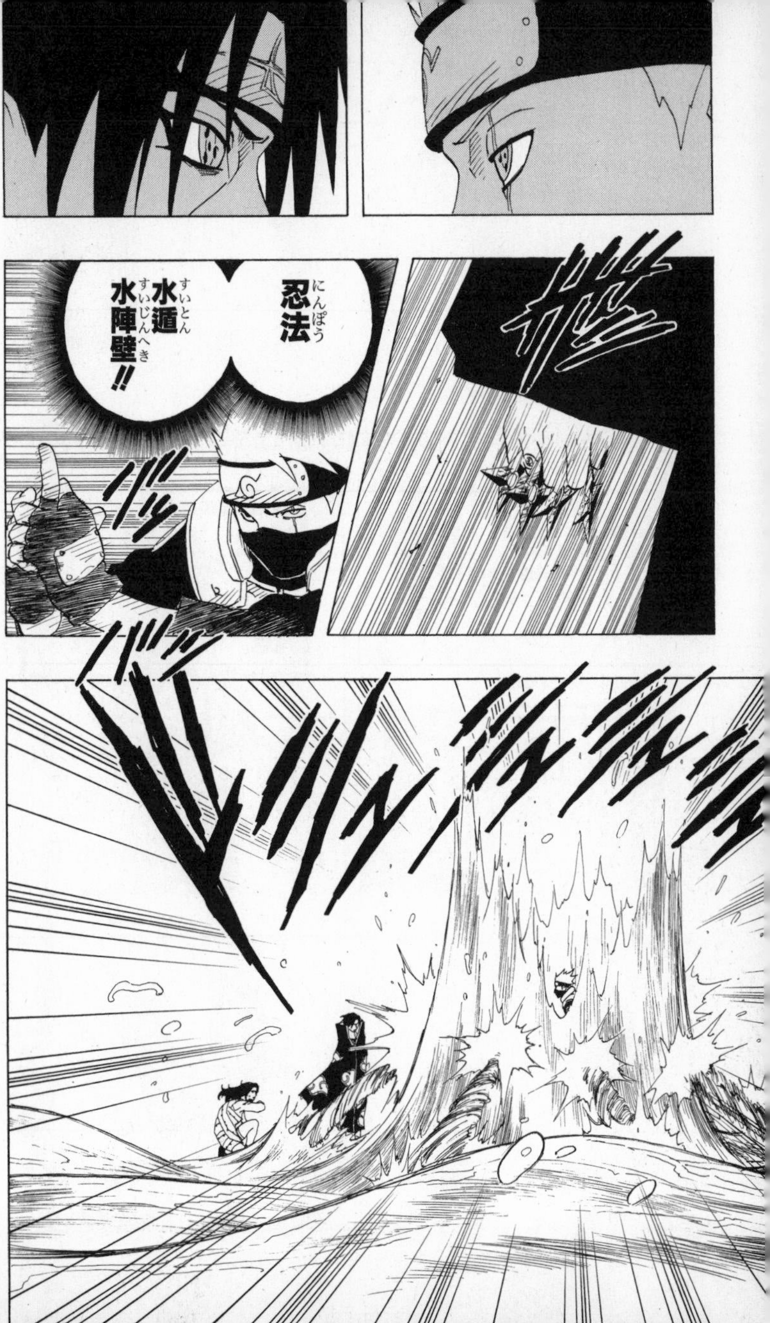

忍法《にんぽう》
水遁《すいとん》
水陣壁《すいじんへき》!!

何て術《じゅつ》のスピードだ…
印《いん》が目《め》で追《お》えなかった
…………
しかも
あの右手《みぎて》の手裏剣《しゅりけん》を
囮《おとり》にして…… 水遁《すいとん》で足元《あしもと》に
攻撃《こうげき》を仕掛《しか》けてくるとは
バザァァァ
さすが
カカシさん
洞察眼《どうさつがん》は
かなりのもの…
!!
…ですね
ザクッ
影分身《かげぶんしん》!!?
術《じゅつ》スピードが
速《はや》過《す》ぎる…!!
……

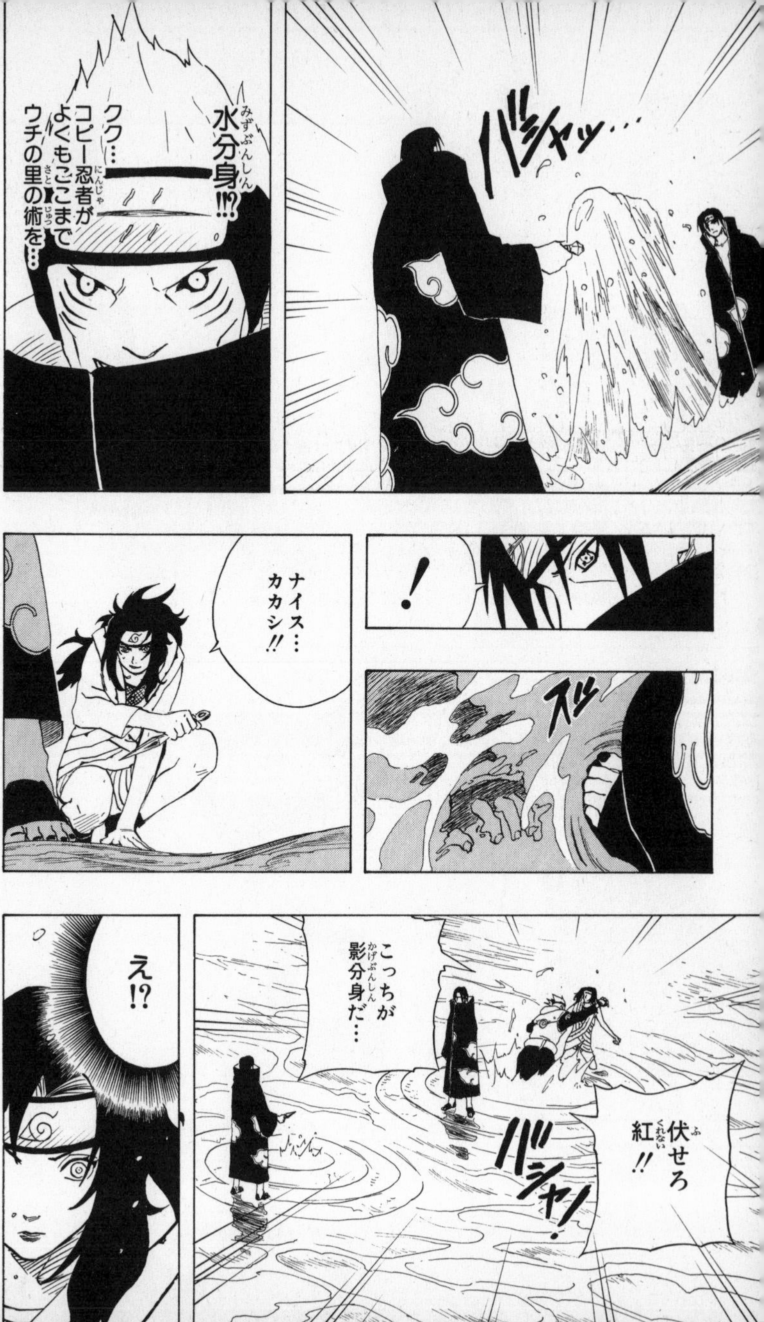
バシャッ…
水分身《みずぶんしん》!!?
クク…コピー忍者《にんじゃ》がよくもここまでウチの里《さと》の術《じゅつ》を…
ナイス…カカシ!!
!
スゥ
伏《ふ》せろ紅《くれない》!!
バシャ!
こっちが影分身《かげぶんしん》だ…
え!?

!!
カカシ!紅《くれない》っ!!
ズザザザザ ザザ
ザッ
影分身体《かげぶんしんたい》を爆発《ばくはつ》させた!!?

ザザザザザァァ
ズキッ
くっ…
カカシ…
気《き》を抜《ぬ》くな…
あいつは13歳《さい》で暗部《あんぶ》の分隊長《ぶんたいちょう》になった男《おとこ》だ
ザッ
ここまでの奴《やつ》とはな…
いや あいつの力《ちから》は まだまだこんなもんじゃない

うちはの血族《けつぞく》でないアナタが
写輪眼《しゃりんがん》をそこまで使《つか》いこなすとは…
だが……
アナタの体《からだ》はその眼《め》に合《あ》う
血族《けつぞく》の体《からだ》では無《な》い
その通《とお》り…
すぐバテちゃうからな…
写輪眼《しゃりんがん》の…
血族《けつぞく》の本当《ほんとう》の力《ちから》を見《み》せてあげましょう！
うちは一族《いちぞく》がなぜ最強《さいきょう》と謳《うた》われ恐《おそ》れられたか…
スッ
スウ―…
!!!
ま…まさか!!

まずい!!
二人《ふたり》とも奴《やつ》の目《め》を見《み》るな!!
バッ
!
バッ
!
バッ

いいか　二人《ふたり》とも
絶対《ぜったい》に
目《め》を開《あ》けるな…
今《いま》の奴《やつ》と
目《め》が合《あ》ったら
終《お》わりだ
アレとやり合《あ》えるのは
おそらく
写輪眼《しゃりんがん》を持《も》つ者《もの》だけだ
確《たし》かに　写輪眼《しゃりんがん》を
持《も》っていれば
この
〝万華鏡写輪眼《まんげきょうしゃりんがん》〟に
多少《たしょう》の抵抗《ていこう》は出来《でき》る
しかし
この特別《とくべつ》な
写輪眼《しゃりんがん》の瞳術《どうじゅつ》
幻術《げんじゅつ》〝月読《つくよみ》〟は
破《やぶ》れない……
オレを倒《たお》せるのは
同《おな》じ〝血《ち》〟を持《も》つ
写輪眼使《しゃりんがんつか》いだけだ
…サスケ……
ドクン!!

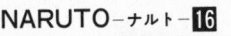

!
ズブッ
ぐああっ!!!

〝月読《つくよみ》〟の世界《せかい》では空間《くうかん》も時間《じかん》も質量《しつりょう》も全《すべ》てはオレが支配《しはい》する
スッ
これから72時間《じかん》…アナタを刀《かたな》で刺《さ》し続《つづ》ける……
ザクッ
ぐあああああ…!!!

ハァ
ハァ
ハァ
ハァ
フラッ
ハァ
ハァ
ハァ
ハァ
バシャ…
どうしたの カカシ…
まだ 目《め》を 閉《と》じてろって いうの！
一体《いったい》何《なに》が あった!?
奴《やつ》がしゃべり 終《お》わった途端《とたん》 急《きゅう》に 倒《たお》れやがって!!
ぐうっ… まだ… だ…
ハァ
ハァ
クッ… なるほど… 精神世界《せいしんせかい》で流《なが》れる 三日間《みっかかん》は 現実世界《げんじつせかい》での 一瞬《いっしゅん》にも満《み》たない… というわけか…
しかし…… 何故《なぜ》 殺《ころ》さない… その気《き》になれば 簡単《かんたん》に…
ザッ
ほう… あの術《じゅつ》を喰《く》らって 精神崩壊《せいしんほうかい》を起《お》こさぬ とは……
しかし イタチさん… その“眼《め》”を使《つか》い過《す》ぎるのは アナタにとっても 危険《きけん》……

ぐっ……
探《さが》しもの…とはサスケのことか？
……
……
いや……
四代目火影《よんだいめほかげ》の遺産《いさん》ですよ……
油
メン

[岸本斉史《きしもとまさし》の世界《せかい》]

生《お》い立《た》ちヒストリー24 その3

さっそくジャンプを買《か》おうと手《て》にしたが、手《て》が震《ふる》えてうまく持《も》てなかった。心臓《しんぞう》はドキドキではなく、バクバクである。どうにかジャンプを買《か》い、一番《いちばん》に発表《はっぴょう》ページを探《さが》した。この時《とき》、マジで倒《たお》れそうになった！

（どっち!?　どっちだ!?　どっちなんだ!?　一体全体《いったいぜんたい》、どっちなんだよ、コノヤロー!?）とわけのわからないテンションでジャンプをイソイソとめくりまくった！　（どうせダメだったんだろー、コンチクショ〜〜!!）。そして、ついに2月期《がつき》ホップ☆ステップ賞《しょう》の発表《はっぴょう》ページの前《まえ》ページまでたどりつき、ゆっくりと発表《はっぴょう》ページをめくった。

（なんか見《み》たことある絵《え》が載《の》ってる…）

これが最初《さいしょ》の感想《かんそう》だった。…その後《ご》、ジワジワと

（…この絵《え》、…オレの絵《え》じゃ、…オレの絵《え》じゃが！　…ってことは…）

そして、すぐコンビニで人目《ひとめ》もはばからず思《おも》わず声《こえ》が出《で》てしまった。

「うあ〜〜〜〜、うあ〜〜〜〜」。

うまくしゃべれない、何《なん》か変《へん》な術《じゅつ》をとなえてる怪《あや》しい奴《やつ》みたいになっていた、…多分《たぶん》。その後《ご》、すぐにプルプル震《ふる》えが来《き》た。嬉《うれ》しさのあまり、何《なん》か爆発《ばくはつ》しそうになってコンビニを出《で》た。…その途端《とたん》、自《じ》分《ぶん》でもわからないが、ジャンプを道《みち》の反対側《はんたいがわ》に思《おも》いっきり投《な》げてしまった。ジャンプはベラベラとページをめくりながら、宙《ちゅう》を舞《ま》う！　元野球部《もとやきゅうぶ》のテイストが無意識《むいしき》に体《からだ》を動《うご》かして、そうなったのかどうかはわからないが、その時《とき》も歩《ある》いてる人《ひと》たちにものすごく冷《つめ》たい目《め》で見《み》られていたのを覚《おぼ》えている。（何《なに》…！　このテンション高《たか》い奴《やつ》…。ヤバイ…！）って思《おも》ったんだろーが、しかし、そんなことはカンケーない!!　とにかく21年間《ねんかん》生《い》きて来《き》て、一番嬉《いちばんうれ》しかった時《とき》なんだから、これもしょうがない!!

143《ナンバー》：

四代《だい》目《め》の遺産《いさん》!!

四代目《だいめ》火影《ほかげ》の…
遺産《いさん》だと…
……!
……!
……
……
こいつら一体《いったい》…!?
ザザザザァア

…ナルトか……
ザァ…
お久《ひさ》しぶりですね…
里《さと》に帰《かえ》って来《こ》られたのは何年《なんねん》ぶりです？
……
カカシ……
……

ナルトは
ワシが預《あず》かる…
……
ナルトの見張《みは》り役《やく》として三代目《だいめ》が お前《まえ》を指名《しめい》したのは納得《なっとく》のいく判断《はんだん》だ
が…お前《まえ》のレベルでも手《て》が回《まわ》らなくなるかもしれんからのォ……
………
一体《いったい》何《なん》の話《はなし》です?
……
…大蛇丸《オロチまる》が里《さと》を抜《ぬ》けてから奴《やつ》をずっと監視《かんし》してきた…
奴《やつ》が いずれこの里《さと》に戻《もど》って来《く》るのは 明白《めいはく》だったからのォ…
そんなこんなで初《はじ》めは 大蛇丸《オロチまる》だけを警戒《けいかい》していたが
……

何《なん》です？
組織《そしき》？
奴《やつ》がある組織《そしき》に入《はい》った
………
…その組織《そしき》の詳細《しょうさい》は？
詳《くわ》しいことは分《わ》からんが〈暁《あかつき》〉とかいう名《な》の忍《しのび》九名《めい》からなる小組織《しょうそしき》だ
最近《さいきん》まで大《たい》して派手《ハデ》な動《うご》きはなく諜報活動《ちょうほうかつどう》の様《よう》なことをしていたが…
問題《もんだい》はその面子《メンツ》だ
？
そいつらのほとんどが手配書《ビンゴ・ブック》に載《の》ってる
一癖《ひとくせ》も二癖《ふたくせ》もあるS級犯罪者《エスきゅうはんざいしゃ》ばかりでのォ…

その中《なか》に あの・・イタチもいる
!!
そんなのが 九人《にん》も集《あつ》まって ボランティアも ねーだろーのォ…
ここまで話《はな》したら もう お前《まえ》にも 分《わ》かるだろう…
………
ただ 最近《さいきん》 肝心《かんじん》の大蛇丸《オロチまる》は その組織《そしき》を抜《ぬ》けてのォ…
ちょうど そのくらいの頃《ころ》から 組織《そしき》の奴《やつ》らが2人組《ツーマンセル》で 各地《かくち》へ動《うご》き出《だ》し…
術《じゅつ》やら 何《なに》やら 集《あつ》めてる

……その一《ひと》つが〝九尾《きゅうび》〟だという確証《かくしょう》は!?
…可能性《かのうせい》という話《はなし》だ
ありゃあ最強《さいきょう》のチャクラを持《も》つ妖魔《ようま》の一《ひと》つだからのォ…

カカシ……
ナルトの奴《やつ》は 遅《おそ》かれ早《はや》かれ 背中《せなか》に気《き》をつけて 生《い》きていかなきゃ ならなくなる…
……
そういう 運命《うんめい》だ
お前《まえ》は 今《いま》は サスケを 見《み》てやれ…
写輪眼《しゃりんがん》の 使《つか》い方《かた》を 教《おし》える必要《ひつよう》も あるだろう…
組織《そしき》には あのイタチも いる
ナルトは 中忍試験本選《ちゅうにんしけんほんせん》までの間《あいだ》 ワシが育《そだ》てる
狙《ねら》いは…… ナルトの中《なか》の 九尾《きゅうび》… か?
!
!

動《うご》いてるのが…お前《まえ》らだけじゃないのは知《し》ってる
組織名《そしきめい》は……………
"暁《あかつき》"だったか？
！
……!!
…？
暁《あかつき》？
鬼鮫《キサメ》…！カカシさんは連《つ》れてくその他《ほか》の方《かた》には消《き》えてもらおう
！

なっ…
何《なに》イ!!
ザッ
ズガガ

!!
木《こ》ノ葉《は》剛力旋風《ごうりきせんぷう》!!
スザザザ
何者《なにもの》です？
!

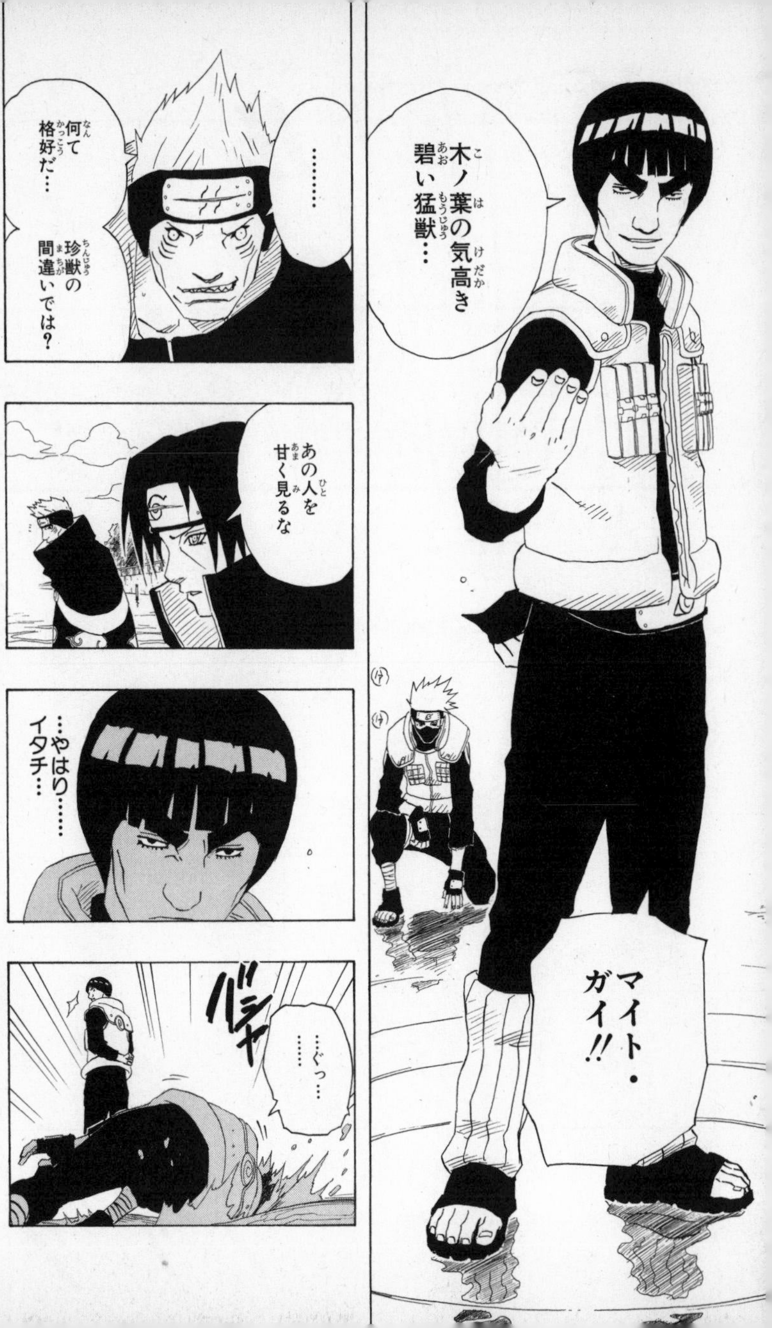
木ノ葉《こ は》の気高《けだか》き
碧《あお》い猛獣《もうじゅう》…
マイト・
ガイ!!
……
何《なん》て
格好《かっこう》だ…
珍獣《ちんじゅう》の
間違《まちが》いでは?
あの人《ひと》を
甘《あま》く見《み》るな
…やはり……
イタチ…
バシャ
…ぐっ…
……

ブクク
カカシをここまで…
ザバァ
イタチと目《め》を合《あ》わせるなガイ!!
術《じゅつ》にかけられるぞ!!
そんなものはこっちとて分《わ》かってる!!
カカシとの対戦対策《たいせんたいさく》に写輪眼《しゃりんがん》に対《たい》する戦《たたか》い方《かた》も考慮《こうりょ》してる
二人《ふたり》とも目《め》を開《あ》けろ!!

写輪眼《しゃりんがん》と闘《たたか》う場合《ばあい》は目《め》と目《め》を合《あ》わせなければ問題《もんだい》ない！
常《つね》に相手《あいて》の足《あし》だけを見《み》て 動《うご》きを洞察《どうさつ》し対処《たいしょ》するんだ
パチ
そう言《い》われればそうかも知《し》れないけど…
まぁな……足《あし》だけで相手《あいて》の動《うご》きを全《すべ》て把握《はあく》するにはコツがいる
パチ
そんな事《こと》が出来《でき》んのはァ…お前《まえ》だけだぞ
だがこの急場《きゅうば》にそんな事《こと》も言《い》ってられん
ともかく今《いま》すぐ慣《な》れろ!!
……

どうする？
紅《くれない》！
カカシを医療班《いりょうはん》の所《ところ》へ!!
アスマはオレの援護《えんご》だ
後《あと》はオレが手配《てはい》した暗部《あんぶ》の増援部隊《ぞうえんぶたい》が来《く》るまで
少《すこ》しの間《あいだ》相手《あいて》してやる!!
スッ
いい度胸《どきょう》ですねェ……
鬼鮫《キサメ》…止《や》めだ
！

オレたちは
戦争《せんそう》をしに
来《き》たんじゃない…
残念《ざんねん》だが
これ以上《いじょう》は
ナンセンスだ…
帰《かえ》るぞ
………
せっかく…
ウズいてきたのに
仕方《しかた》ない
ですねェ…
ズッ
チィ…
……
……
ザッ
ザッ

え――っ!!
なんで!なんで!
なんで オレがエロ仙人《せんにん》といっしょに取材旅行《しゅざいりょこう》なんかしなきゃなんねーんだってばよ!
ただの取材旅行《しゅざいりょこう》じゃあねーのォ
取材《しゅざい》したい女《おんな》がいてそいつを探《さが》さにゃならん
オレはちんたらそんなエロ取材《しゅざい》に付《つ》き合《あ》ってるヒマはねー―の!!
修業《しゅぎょう》しなきゃなんねーんだから…
カカシ先生《せんせい》に色々《いろいろ》教《おし》えてもらうんだってば千鳥《ちどり》とか!!
テク テク
最近《さいきん》エコひいきだってばカカシ先生《せんせい》!
イヤ…んー…あの技《わざ》はお前《まえ》にはムリだと思《おも》うのォ…
それよりのォその女《おんな》すっごい美人《びじん》だぞ…会《あ》いたいだろ!
エロ仙人《せんにん》なんかに言《い》いくるめられるよーなガキじゃないってばよオレは!
とにかくヤダ!!
はー…千鳥《ちどり》より凄《すご》い術《じゅつ》……知《し》ってんだけどなァ……
仕方《しかた》ないサスケを連《つ》れてこっかのォ~~

やっぱ
アッサリ
行《い》く!!
オレってば 今《いま》すぐ 家帰《いえかえ》って 荷物《にもつ》 まとめてくっから…
エロ仙人《せんにん》は そこ動《うご》かないでよ〜〜〜〜〜!!
ズダダダ
…クク… まったく……
かわいいガキ じゃのォ……

パチ
よーーしィ!!
新《あたら》しい術《じゅつ》教《おし》えてもらって
サスケも カカシ先生《せんせい》も
びっくりさせてやるってばよ!
サクラちゃんも
オレの事《こと》 好《す》きんなっちゃうぞ!!
たぶん…!!
出《しゅっ》ぱ〜〜〜〜つ!!!
ううっ………
ズズッ‥
気合入《きあいはい》りすぎだのォ
お前《まえ》……
山《やま》にこもって
修業《しゅぎょう》すんじゃ
ないんだぞ……

[岸本斉史《きしもとまさし》のアシスタント紹介《しょうかい》　その7]

また新《あら》たに若《わか》いアシスタントが我《わ》が

NARUTO《ナルト》のスタッフとして加《くわ》わりました。

皆《みな》さんに今《いま》まで通《どお》り、紹介《しょうかい》します。

○アシスタントNo.《ナンバー》7　大久保彰《おおくぼあきら》

[プロフィール]

○まだまだピチピチの若者《わかもの》。

○どんなに驚《おどろ》くことがあっても、
普通《ふつう》のテンションで「スゲェー」
と言《い》う。

○やたら目《め》がいい。

○目《め》の下《した》が黒《くろ》い。

○超《ちょう》サッカーが大好《だいす》きな
サッカー少年《しょうねん》である。

○なにげに男前《おとこまえ》である。

[仕事《しごと》]ベタ、トーン、背景《はいけい》

テクテク
No.《ナンバー》144：追跡者《ついせきしゃ》
ねえ！ねえ！エロ仙人《せんにん》！
一体《いったい》今度《こんど》はどんな術教《じゅつおし》えてくれんのォー!?
…エロ仙人《せんにん》…
？
いいか……
お前《まえ》…ワシがすっごい人《ひと》だって知《し》らねーだろ…？
蝦蟇《ガマ》の仙人《せんにん》とは仮《かり》の姿《すがた》！
何《なに》を隠《かく》そうこのワシこそが！
北《きた》に南《みなみ》に西東《にしひがし》！
斉天敵《さいてんかな》わぬ三忍《さんにん》の白髪童子《はくはつどうじ》蝦蟇使《ガマつか》い！
泣《な》く子《こ》も黙《だま》る色男《いろおとこ》！
〝自来也様《じらいやさま》〟たぁ〜ワシのことよ!!

144《ナンバー》：追跡者《ついせきしゃ》

あのさ！あのさ！でも…
…そんなすごいエロ仙人《せんにん》が旅《たび》のお供《とも》にオレ連《つ》れてくってのはやっぱアレかな？
自来也《じらいや》だっつってんだろが…ったく……
オレってばすごい才能《さいのう》を秘《ひ》めてるってことなのか？
やっぱし？
……
ねえ！ねえ！
なんでオレ選《えら》んだの？
やっぱ仙人《せんにん》クラスのすっげぇ術《じゅつ》はオレ位《ぐらい》になんないと伝授《でんじゅ》できねーのかなあ…
タッ タッ
ニシシシシ……
……

油
ワシはなぁ…
昔《むかし》 四代目《だいめ》火影《ほかげ》を
弟子《でし》にしていてな
そんでお前《まえ》は
その四代目《だいめ》に
面白《おもしろ》いくらい
似《に》てる……
まぁ…
そんだけの
理由《りゆう》だってーの
オレが
四代目《だいめ》に……

カカシ先生!千鳥おせーてよ!
北斗
忍
…サスケくん…ありがとう
…今回《こんかい》もサスケくんが砂《すな》の手《て》から助《たす》けてくれたんでしょ
イヤ……
……
え?
……
お前《まえ》を助《たす》けたのはナルトだよ
ムム~~
またまたサスケくんたらぁ~♡謙遜《けんそん》しちゃってェ――
確《たし》かにナルトも強《つよ》くはなってるけどあの砂《すな》のやつ…
本当《ほんとう》の事《こと》だ

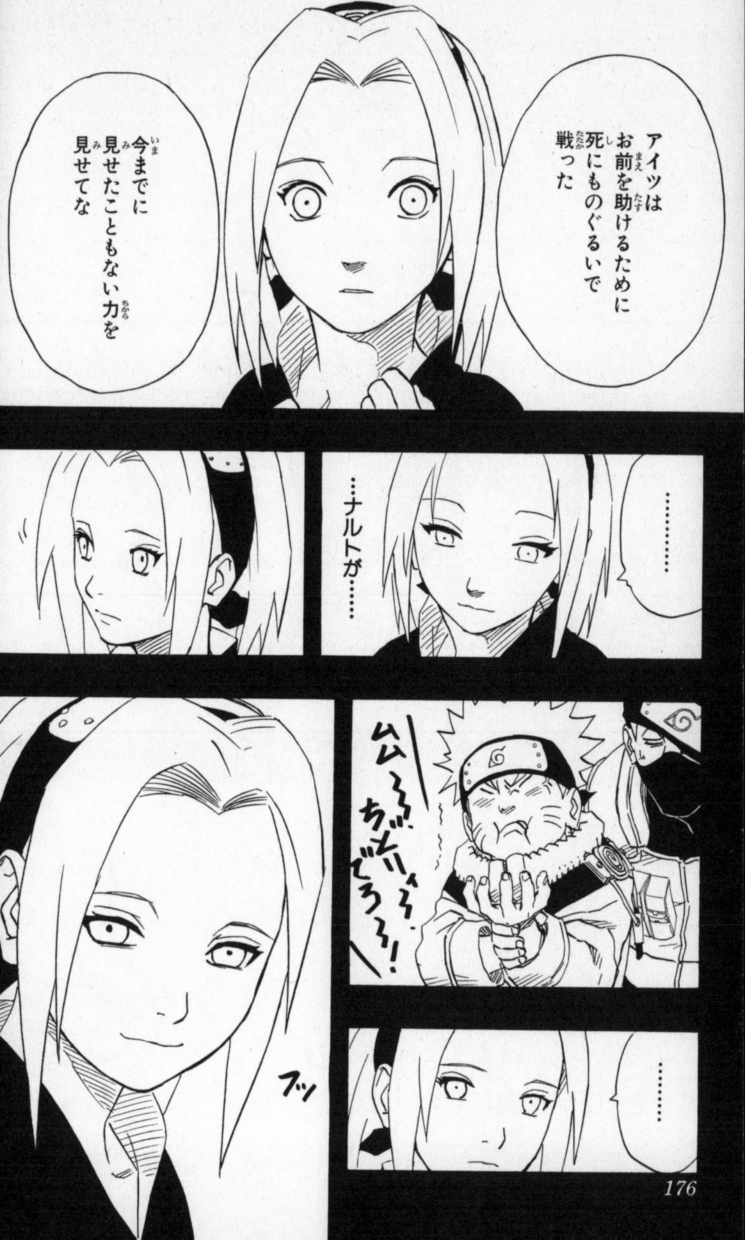
アイツは
お前《まえ》を助《たす》けるために
死《し》にものぐるいで
戦《たたか》った
今《いま》までに
見《み》せたこともない力《ちから》を
見《み》せてな
……
…ナルトが……
フッ
……

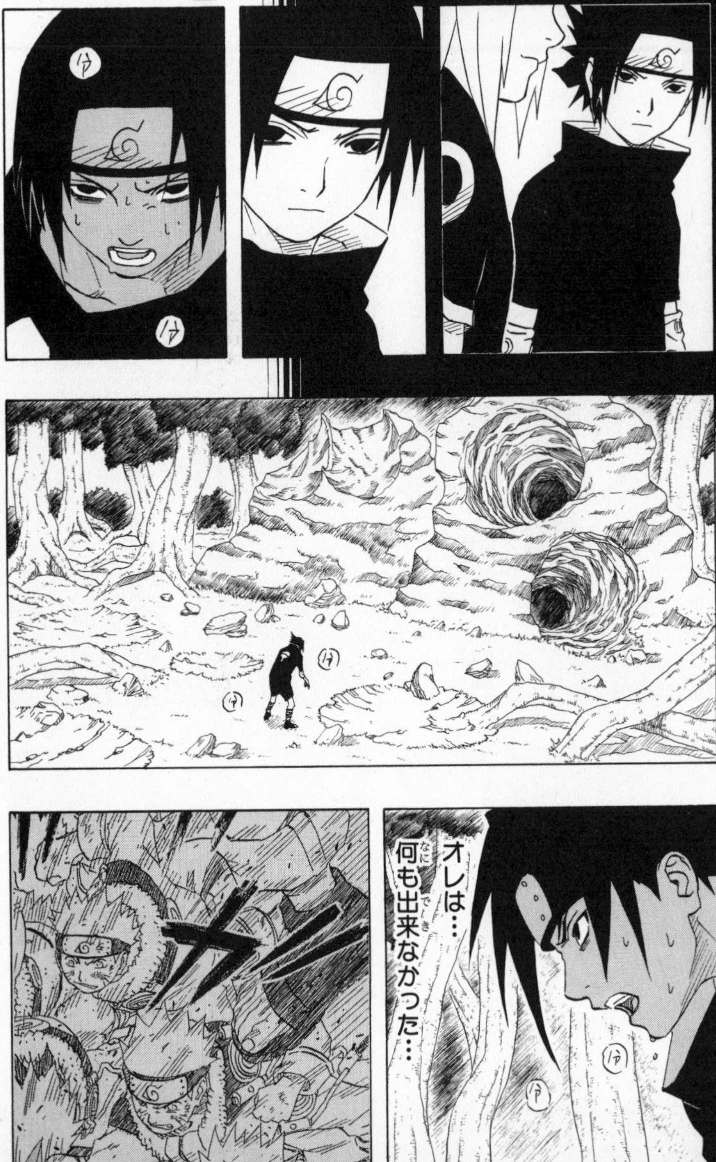
ハァ
ハァ
ハァ
ハァ
ハァ
ハァ
オレは…
何《なに》も出来《でき》なかった…

ナルトは異常《いじょう》なまでに
どんどん強《つよ》くなっていく…
〃落《お》ちこぼれ〃呼《よ》ばわりされてた
忍者学校《アカデミー》の頃《ころ》から見《み》たら…
信《しん》じられないくらいの成長《せいちょう》だ…
近《ちか》くでずっと
見《み》ていると分《わ》かる…
アイツは…
何《なに》か凄《すご》い力《ちから》を秘《ひ》めてる…
時《とき》に…恐怖《きょうふ》すら
感《かん》じるほどに…
うずまきナルト……
お前《まえ》は一体《いったい》
何者《なにもの》なんだ……
…オレは…
…オレはどうしたら強《つよ》くなれる…

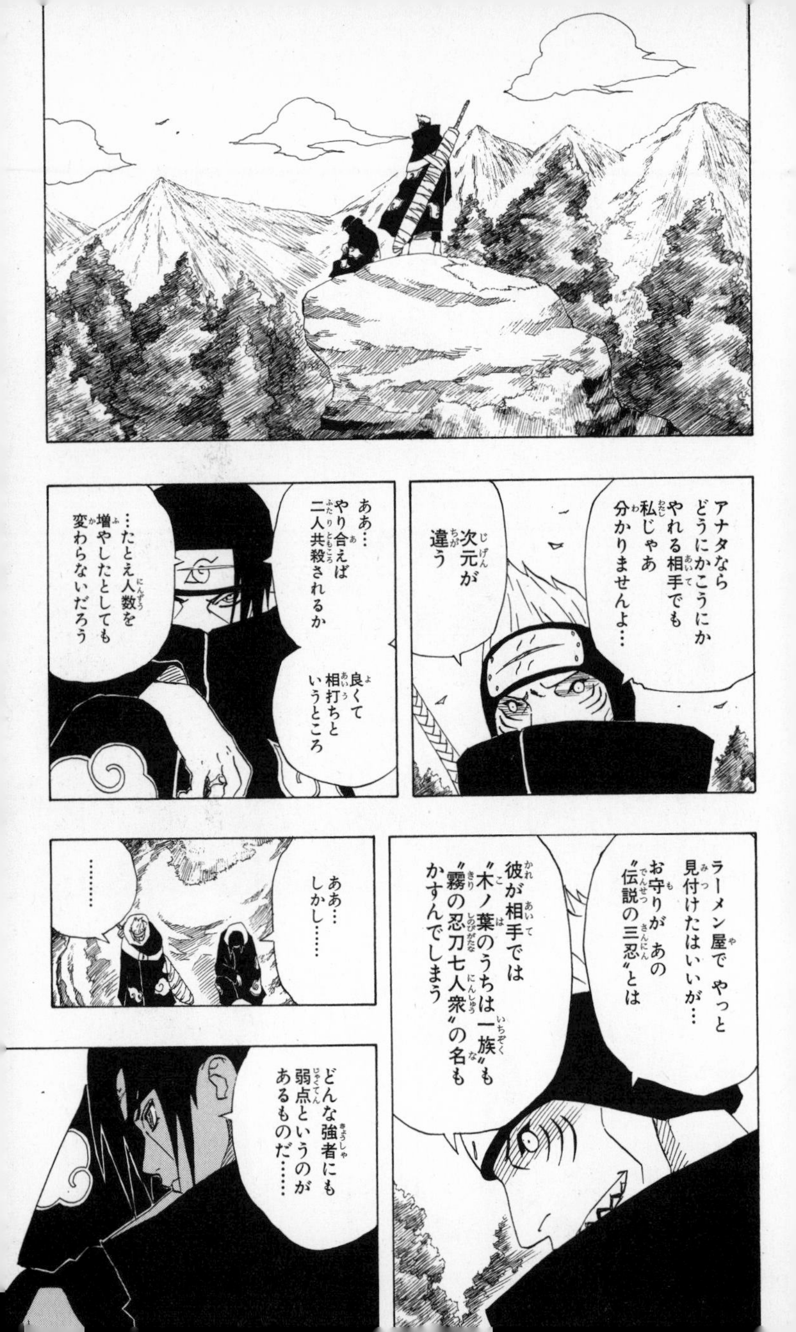
アナタならどうにかこうにかやれる相手《あいて》でも私《わたし》じゃあ分《わ》かりませんよ…
次元《じげん》が違《ちが》う
ああ…やり合《あ》えば二人共殺《ふたりともころ》されるか
良《よ》くて相打《あいう》ちというところ
…たとえ人数《にんずう》を増《ふ》やしたとしても変《か》わらないだろう
ラーメン屋《や》でやっと見付《みつ》けたはいいが…お守《も》りがあの〝伝説《でんせつ》の三忍《さんにん》〟とは
彼《かれ》が相手《あいて》では〝木《こ》ノ葉《は》のうちは一族《いちぞく》〟も〝霧《きり》の忍刀《しのびがたな》七人衆《にんしゅう》〟の名《な》もかすんでしまう
ああ…しかし……
………
どんな強者《きょうしゃ》にも弱点《じゃくてん》というのがあるものだ……

奴《やつ》らの様子《ようす》じゃあ まだ ナルトは 見《み》つかってない みたいだな…
…でも おかしくないか… あいつら すでに里《さと》に 入《はい》り込《こ》んでた
この里《さと》で ナルトを 見《み》つけるのなんて 簡単《かんたん》だろ…… イタチはナルトの 顔《かお》を知《し》ってるんだぞ
しっ！
ガチャ
カカシ…
！

……どうして
カカシが
寝《ね》てる？
それに 上忍《じょうにん》ばかり
集《あつ》まって何《なに》してる…
一体《いったい》 何《なに》があった!?
…ん…
いや 別《べつ》に
何《なに》もな
あのイタチが
帰《かえ》って来《き》たって話《はなし》は
ホントか…!?
しかも ナルトを
追《お》ってるって……
ザッ
……
あ！
チィ…
バカ……

ザッ
ドン
ザッ
何《なん》でこーなるのッ!!
ザッ
ザッ
アイツが この里《さと》に帰《かえ》って来《き》ただと!?
しかも ナルトを追《お》ってる!?
どういうことだ!?
ザザッ
一楽
メン

とにかく…アイツに捕《つか》まれば
ナルトは…終《お》わりだ!!
ザッ
!
そんなこと
させるか!
オッサン! ナルトが
昼《ひる》 ここに来《き》たはずだ!
それからどこに行《い》ったか
分《わ》かるか!?
ああ
ナルトねェ
えっと 確《たし》か…
自来也《じらいや》さんが来《き》て
一緒《いっしょ》にラーメン食《く》って…
どっか行《い》くって
言《い》ってたな…
えっと…
里《さと》から少《すこ》し離《はな》れた
歓楽街《かんらくがい》のある
宿場町《しゅくばまち》に
行《い》くとか何《なん》とか…
…で
自来也《じらいや》さんと
連《つ》れだって
一緒《いっしょ》に出《で》たよ
自来也《じらいや》!?
天才忍者《てんさいにんじゃ》・
三忍《さんにん》の
自来也《じらいや》だよ…
まぁ
見《み》た目《め》は
ただの白髪《しらが》の
デカイオッサン
だけどね

ダッ
オイ!
…ったく…
人《ひと》に物《もの》を尋《たず》ねたら礼《れい》に一杯《いっぱい》食《く》ってくもんだ…!!
ファンファン通り
酒
酒処 忍民
酒処 いさお
女
桃色屋
安さ爆発
福
なんか怪《あや》しい町《まち》だよなぁ…
ナルト…今日《きょう》は ここに泊《と》まるぞ!
!

スッ
コッ
コッ
おおおお!!
ナルトォ――!
脈《みゃく》アリだのォ〜!!
ん――!
ヤッ
カッ
お前《まえ》 コレ部屋《へや》のカギ!
先《さき》に部屋《へや》行《い》ってチャクラ練《ね》って修業《しゅぎょう》してろ!のォ!
チョン
パシィ
え――!!
こっからは大人《おとな》の世界《せかい》だ!とかいう そういうノリなのか!
このエロ仙人《せんにん》!!

その町《まち》なら
そう遠《とお》くない…!
なんか!
なんか! いっつも
エロ仙人《せんにん》といったら
こんなんだってばよ
!!
ちゃんと
オレの修業《しゅぎょう》見《み》る気《き》
あんのかぁ…!!?
チィ…!
ザッ
結構《けっこう》な数《かず》だな!
一軒《けん》ずつ回《まわ》るしか
ないな!
フロント
!
ここに オレと
同《おな》じ歳《とし》ぐらいの
金髪《きんぱつ》バカ面《づら》と
白髪《しらが》のデカい
オッサン
泊《と》まってるか!?
………
う~~~ん

何号室《なんごうしつ》だ！
ああ！あの人《ひと》たちかな…確《たし》か いたと思《おも》うよ
トン
コンコン
！
コンコン
コン コン
スッ
なんだよ もうフラれて帰《かえ》って来《き》たのかよ
スタスタ
ガチャ
ガバッ
ナルト！

ビクッ
…違《ちが》う…
ハイハイ!
もう うっさいな!
コン コン
カチャ

189 16木ノ葉崩し、終結!!(完)

■ジャンプ・コミックス

NARUTO -ナルト-

16 木ノ葉崩し、終結!!

2003年3月9日　第1刷発行

著者　岸本斉史

編集　ホーム社
東京都千代田区一ツ橋2丁目5番10号
〒101-8050
電話 東京 03 (5211) 2651

発行人　山路則隆

発行所　株式会社 集英社
東京都千代田区一ツ橋2丁目5番10号
〒101-8050
03 (3230) 6233 (編集)
電話 東京 03 (3230) 6191 (販売)
03 (3230) 6076 (制作)
Printed in Japan

印刷所　共同印刷株式会社

ISBN4-08-873394-0 C9979